名家散文珍藏

冰心散文

冰心 著

浙江文艺出版社

目录

宇宙的爱

寄小读者

冰心自传

宇宙的爱

月夜宜清谈，星夜宜深谈，雨夜宜絮谈，风夜宜壮谈……固然也须人地两宜，但似乎都有自然的趋势……

笑

雨声渐渐地住了，窗帘后隐隐地透进清光来。推开窗户一看，呀！凉云散了，树叶上的残滴，映着月儿，好似萤光千点，闪闪烁烁地动着。——真没想到苦雨孤灯之后，会有这么一幅清美的图画！

凭窗站了一会儿，微微地觉得凉意侵人。转过身来，忽然眼花缭乱，屋子里的别的东西，都隐在光云里；一片幽辉，只浸着墙上画中的安琪儿。——这白衣的安琪儿，抱着花儿，扬着翅儿，向着我微微地笑。

“这笑容仿佛在哪儿看见过似的，什么时候，我曾……”我不知不觉地便坐在窗口下想，——默默地想。

严闭的心幕，慢慢地拉开了，涌出五年前的一个印象。—— 一条很长的古道。驴脚下的泥，兀自滑滑的。田沟里的水，潺潺地流着。近村的绿树，都笼在湿烟里。弓儿似的新月，挂在树梢。一边走着，似乎道旁有一个孩子，抱着一堆灿白的东西。驴儿过去了，无意中回头一看。——他抱着花儿，赤着脚儿，向着我微微地笑。

“这笑容又仿佛是哪儿看见过似的!”我仍是想——默默地想。

又现出一重心幕来，也慢慢地拉开了，涌出十年前的一个印象。——茅檐下的雨水，一滴一滴地落到衣上来。土阶边的水泡儿，泛来泛去地乱转。门前的麦垄和葡萄架子，都濯得新黄嫩绿的非常鲜丽。—— 一会儿好容易雨晴了，连忙走下坡儿去。迎头看见月儿从海面上来了，猛然记得有件东西忘下了，站住了，回过头来。这茅屋里的老妇人——她倚着门儿，抱着花儿，向着我微微地笑。

这同样微妙的神情，好似游丝一般，飘飘漾漾地合了拢来，绾在一起。

这时心下光明澄静，如登仙界，如归故乡。眼前浮现的三个笑容，一时融化在爱的调和里看不分明了。

（原载《小说月报》1921年1月10日第12卷第1号）

梦

她回想起童年的生涯，真是如同一梦罢了！穿着黑色带金线的军服，佩着一柄短短的军刀，骑在很高大的白马上，在海岸边缓辔徐行的时候，心里只充满了壮美的快感；几曾想到现在的自己，是这般的静寂，只拿着一支笔儿，写她幻想中的情绪呢？

她男装到了十岁。十岁以前，她父亲常常带她去参与那军人娱乐的宴会，朋友们一见都夸奖说："好英武的一个小军人！今年几岁了？"父亲先一面答应着，临走时才微笑说："他是我的儿子，但也是我的女儿。"

她会打走队的鼓，会吹召集的喇叭，知道毛瑟枪里的机关，也会将很大的炮弹，旋进炮腔里。五六年父亲身畔无意中的训练，真将她做成很矫健的小军人了。

别的方面呢？平常女孩子所喜好的事，她却一点都不爱。这也难怪她，她的四周并没有别的女伴。偶然看见山下经过的几个村里的小姑娘，穿着大红大绿的衣裳，裹着很小的脚，匆匆一面里，她无从知道她们平居的生活。而且她也不把这些印象，放在心上。一把刀，一匹马，便堪尽过一生了！女孩子的事，是何等的琐碎烦腻呵！当探海的电灯射在浩浩无边的大海上，发出一片一片的寒光，灯影下，旗影下，两排儿沉豪英毅的军官，在佩剑铿锵声里，整齐严肃地一同举起杯来，祝中国万岁的时候，这光景是怎样地使人涌出慷慨的快乐的眼泪呢？

她这梦也应当到了醒觉的时候了！人生就是一梦么？

十岁回到故乡去，换上了女孩子的衣服。在姊妹群中，学到了女儿情性：五色的丝线，是能做成好看的活计的；香的、美丽的花，是要插在头上的；镜子是妆束完时要照一照的；在众人中间坐着，是要说些很细腻很温柔的话的；眼泪是时常要落下来的。女孩子是总有点脾气，带点娇贵的样子的。

这也是很新颖很能造就她的环境——但她父亲送给她的一把佩刀，还长日挂在窗前。拔出鞘来，寒光射眼，她每每呆住了。白马呵，海岸呵，荷枪的军人呵……模糊中有无穷的怅惘。姊妹们在窗外唤她，她也不出去了，站了半天，只掉下几点无聊的眼泪。

她后悔么？也许是，但有谁知道呢！军人的生活，是怎样地造就了她的性情呵！黄昏时营幕里吹出来的笳声，不更是抑扬凄惋么？世界上软款温柔的境地，难道只有女孩儿可以占有么？海上的月夜，星夜，眺台独立倚枪翘首的时候：沉沉的天幕下，人静了，海也浓睡了，——“海天以外的家！”这时的情怀，是诗人的还是军人的呢？是两缕悲壮的丝交纠之点呵！

除了几点无聊的英雄泪，还有什么？她安于自己的境地了！生命如果是圈儿般的循环，或者便从“将来”又走向“过去”的道上去，但这也是无聊呵！

十年深刻的印象遗留于她现在的生活中的，只是矫强的性质了——她依旧是喜欢看那整齐的步伐，听那悲壮的军笳，但与其说她是喜欢看，喜欢听，不如说她是怕看，怕听罢。

横刀跃马和执笔沉思的她，原都是一个人，然而时代将这些事隔开了……

童年！只是一个深刻的梦么？

一九二一年十月一日。

（原载《小说月报》1923年4月第14卷第4号）

图　画

信步走下山门去，何曾想寻幽访胜？

转过山坳来，一片青草地，参天的树影无际。树后弯弯的石桥，桥后两个俯蹲在残照里的狮子。回过头来，只一道的断瓦颓垣，剥落的红门，却深深掩闭。原来是故家陵阙！何用来感慨兴亡，且印下一幅图画。

半山里，凭高下视，千百的燕子，绕着殿儿飞。城垛般的围墙，白石的甬道，黄绿琉璃瓦的门楼，玲珑剔透。楼前是山上的晚霞鲜红，楼后是天边的平原村树，深蓝浓紫。暮霭里，融合在一起。难道是玉宇琼楼？难道是瑶宫贝阙？何用来搜索诗肠，且印下一幅图画。

低头走着，一首诗的断句，忽然浮上脑海来。“四月江南无矮树，人家都在绿阴中。”何用苦忆是谁的著作，何用苦忆这诗的全文。只此已描画尽了山下的人家！

（原载北京《晨报》1921年7月5日）

回　忆

雨后，天青青的，草青青的。土道上添了软泥，削岩下却留着一片澄清的水，更开着一枝雪白的花。也只是小小的自然，何至便低徊不能去？

风狂雨骤，黑暗里站在楼栏边。要拿书却怎的不推开门，只凝立在新凉里？——我要数着这涛声里，岛塔上，灯光明灭的数儿，一——二——三——四——五。

沉郁的天气。浪儿侵到裙儿边。紫花儿掉下去了，直漾到浪圈外，沉思的界线里。低头看时，原来水上的花，是手里的花。

水里只荡漾着堂前的灯光人影。—— 一会儿，灯也灭了，人也散了。—— 一时沉黑。——是我的寂寞？是山中的寂寞？是宇宙的寂寞？这池旁本自无人，只剩得夜凉如水，树声如啸。

这些事是遽隔数年，这些地也相离千里，却怎的今朝都想起？料想是其中贯穿着同一的我，潭呵，池呵，江呵，海呵，和今朝的雨儿，也贯穿着同一的水。

一九二一年七月十八日。

（原载北京《晨报》1921年7月22日）

一只小鸟

——偶记前天在庭树下看见的一件事

有一只小鸟，它的巢搭在最高的枝子上，它的毛羽还未曾丰满，不能远飞；每日只在巢里啁啾着，和两只老鸟说着话儿，它们都觉得非常地快乐。

这一天早晨，它醒了。那两只老鸟都觅食去了。它探出头来一望，看见那灿烂的阳光，葱绿的树木，大地上一片的好景致；它的小脑子里忽然充满了新意，抖刷抖刷翎毛，飞到枝子上，放出那赞美“自然”的歌声来。它的声音里满含着清—轻—和—美，唱的时候，好像“自然”也含笑着倾听一般。

树下有许多的小孩子，听见了那歌声，都抬起头来望着——

这小鸟天天出来歌唱，小孩子们也天天来听它，最后他们便想捉住它。

它又出来了！它正要发声，忽然嗤的一声，一个弹子从下面射来，它一翻身从树上跌下去。

斜刺里两只老鸟箭也似的飞来，接住了它，衔上巢去。它的血从树隙里一滴一滴地落到地上来。

从此那歌声便消歇了。

那些孩了想要仰望着它，听它的歌声，却不能了。

（原载北京《晨报》1920年8月28日）

一朵白蔷薇

怎么独自站在河边上？这朦胧的天色，是黎明还是黄昏？何处寻问，只觉得眼前竟是花的世界。中间杂着几朵白蔷薇。

她来了，她从山上下来了。靓妆着，仿佛是一身缟白，手里抱着一大束花。

我说：“你来，给你一朵白蔷薇，好簪在襟上。”她微笑说了一句话，只是听不见。然而似乎我竟没有摘，她也没有戴，依旧抱着花儿，向前走了。

抬头望她去路，只见得两旁开满了花，垂满了花，落满了花。

我想白花终比红花好；然而为何我竟没有摘，她也竟没有戴？

前路是什么地方，为何不随她走去？

都过去了，花也隐了，梦也醒了，前路如何？便摘也何曾戴！

一九二一年八月二十日追记。

（原载北京《晨报》1921年8月26日）

遥寄印度哲人泰戈尔

泰戈尔！美丽庄严的泰戈尔！当我越过“无限之生”的一条界线——生——的时候，你也已经越过了这条界线，为人类放了无限的光明了。

只是我竟不知道世界上有你——

在去年秋风萧瑟，月明星稀的一个晚上，一本书无意中将你介绍给我，我读完了你的传略和诗文——心中不作别想，只深深地觉得澄澈……凄美。

你的极端信仰——你的“宇宙和个人的灵中间有一大调和”的信仰，你的存蓄“天然的美感”、发挥“天然的美感”的诗词，都渗入我的脑海中，和我原来的“不能言说”

的思想，一缕缕地合成琴弦，奏出缥缈神奇无调无声的音乐。

泰戈尔！谢谢你以快美的诗情，救治我天赋的悲感；谢谢你以超卓的哲理，慰藉我心灵的寂寞。

这时我把笔深宵，追写了这篇赞叹感谢的文字，只不过倾吐我的心思，何尝求你知道！

然而我们既在“梵”中合一了，我也写了，你也看见了。

一九二〇年八月三十日夜。

（原载《燕大季刊》1920年9月第1卷第3期）

宇宙的爱

四年前的今晨，也清早起来在这池旁坐地。

依旧是这青绿的叶，碧澄的水。依旧是水里穿着树影来去的白云。依旧是四年前的我。

这些青绿的叶，可是四年前的那些青绿的叶？水可是四年前的水？云可是四年前的云？——我可是四年前的我？

它们依旧是叶儿，水儿，云儿，也依旧只是四年前的叶儿，水儿，云儿。——然而它们却经过了几番宇宙的爱化，从新的生命里欣欣地长着，活活地流着，自由地停留着。

它们依旧是四年前的，只是渗透了宇宙的爱化出了新的生命。——但我可是四年前的我？

四年前的它们，只觉得憨嬉活泼，现在为何换成一片的微妙庄严？——但我可是四年前的我？

抬头望月，何如水中看月！一样的天光云影，还添上树枝儿荡漾，圆月儿飘浮，和一个独俯清流的我。

白线般的长墙，横拖在青绿的山上。在这浩浩的太空里，阻不了阳光照临，也阻不了风儿来去，——只有自然的爱是无限的，何用劳苦工夫，来区分这和爱的世界？

坐对着起伏的山，远立的塔，无边的村落平原，只抱着膝儿凝想。朝阳照到发上了，——想着东边隐隐的城围里，有几个没来的孩了，初回家的冰仲，抱病的冰叔，和昨天独自睡在树下的小弟弟，怎得他们也在这儿……

一九二一年六月十八日，在西山。

（原载北京《晨报》1921年6月23日）

山中杂感

溶溶的水月，螭头上只有她和我。树影里对面水边，隐隐地听见水声和笑语。我们微微地谈着，恐怕惊醒了这浓睡的世界。——万籁无声，月光下只有深碧的池水，玲珑雪白的衣裳。这也只是无限之生中的一刹那顷！然而无限之生中，哪里容易得这样的一刹那顷！

夕照里，牛羊下山了，小蚁般缘走在青岩上。绿树丛巅的嫩黄叶子，也衬在红墙边。——这时节，万有都笼盖在寂寞里，可曾想到北京城里的新闻纸上，花花绿绿的都载的是什么事？

只有早晨的深谷中，可以和自然对语。计划定了，岩石点头，草花欢笑。造物者呵！我们星驰的前途，路站上，请你再遥遥地安置下几个早晨的深谷！

陡绝的岩上，树根盘结里，只有我俯视一切。——无限的宇宙里，人和物质的山、水、远村、云树，又如何比得起？然而人的思想可以超越到太空里去，它们却永远只在地面上。

一九二一年六月二十日，在西山。

（原载北京《晨报》1921年6月25日）

闲 情

弟弟从我头上，拔下发针来，很小心地挑开了一本新寄来的月刊。看完了目录，便反卷起来，握在手里笑说："莹哥，你真是太沉默了，一年无有消息。"

我凝思地，微微答以一笑。

是的，太沉默了！然而我不能，也不肯忙中偷闲；不自然地，造作地，以应酬为目的地，写些东西。

病的神慈悲我，竟赐予我以最清闲最幽静的七天。

除了一天几次吃药的时间，是苦的以外，我觉得没有一时，不沉浸在轻微的愉快之中。——庭院无声。枕簟生凉。温暖的阳光，穿过苇帘，照在淡黄色的壁上。浓密的树影，在微风中徐徐动摇。窗外不时地有好鸟飞鸣。这时世上一切，都已抛弃隔绝，一室便是宇宙，花影树声，都含妙理。是一年来最难得的光阴呵，可惜只有七天！

黄昏时，弟弟归来，音乐声起，静境便砉然破了。一块暗绿色的绸子，蒙在灯上，屋里一切都是幽凉的，好似悲剧的一幕。镜中照见自己玲珑的白衣，竟悄然地觉得空灵神秘。当屋隅的四弦琴，颤动着，生涩地，徐徐奏起。两个歌喉，由不同的调子，渐渐合一，由悠扬，而宛转；由高吭，而沉缓的时候，怔忡的我，竟感到了无限的怅惘与不宁。

小孩子们真可爱，在我睡梦中，偷偷地来了，放下几束花，又走了。小弟弟拿来插在瓶里，也在我睡梦中，偷偷地放在床边几上。——开眼瞥见了，黄的和白的，不知名的小花，衬着淡绿的短瓶。……原是不很香的，而每朵花里，都包含着天真的友情。

终日休息着，睡和醒的时间界限，便分得不清。有时在中夜，觉得精神很圆满。——听得疾雷杂以疏雨，每次电光穿入，将窗台上的金钟花，轻淡清澈地映在窗帘上，又急速地隐抹了去。而余影极分明的，印在我的脑膜上。我看见“自然”的淡墨画，这是第一次。

得了许可，黄昏时便出来疏散。轻凉袭人。迟缓的步履之间，自觉很弱，而弱中隐含着一种不可言说的愉快。这情景恰如小时在海舟上，——我完全不记得了，是母亲告诉我的，——众人都晕卧，我独不理会，颠顿地自己走上舱面，去看海。凝注之顷，不时地觉得身子一转，已跌坐在甲板上，以为很新鲜，很有趣。每坐下一次，便喜笑个不住，笑完再起来，希望再跌倒，忽忽又是十余年了，不想以弱点为愉乐的心情，至今不改。

一个朋友写信来慰问我，说：

“东坡云‘因病得闲殊不恶’，我亦生平善病者，故知能闲真是大功夫，大学问。……如能于养神之外，偶阅《维摩经》尤妙，以天女能道尽众生之病，断无不能自己其病也！恐扰清神，余不敢及。”

因病得闲，是第一慊心事，但佛经却没有看。

一九二三年六月十二日。

（原载《晨报副镌》1923年6月15日）

往　事（一）

——生命历史中的几页图画

在别人只是模糊记着的事情，
　然而在心灵脆弱者，
　已经反复而深深地
　　镂刻在回忆的心版上了！

索性凭着深刻的印象，
　将这些往事
　移在白纸上罢——
再回忆时
　　不向心版上搜索了！

一

将我短小的生命的树，一节一节地斩断了，圆片般堆在童年的草地上。我要一片一片地拾起来看：含泪地看，微笑地看，口里吹着短歌地看。

难为他装点得一节一节，这般丰满而清丽！

我有一个朋友，常常说，“来生来生！”——但我却如此说：“假如生命是乏味的，我怕有来生。假如生命是有趣的，今生已是满足的了！”

第一个厚的圆片是大海；海的西边，山的东边，我的生命树在那里萌芽生长，吸收着山风海涛。每一根小草，每一粒沙砾，都是我最初的恋慕，最初拥护我的安琪儿。

这圆片里重叠着无数快乐的图画，憨嬉的图画，寂寞的图画，和泛泛无着的图画。

放下罢，不堪回忆！

第二个厚的圆片是绿阴；这一片里许多生命表现的幽花，都是这绿阴烘托出来的。有浓红的，有淡白的，有不可名色的……

晚晴的绿阴，朝雾的绿阴，繁星下指点着的绿阴，月夜花棚秋千架下的绿阴！

感谢这曲曲屏山！它圈住了我许多思想。

第三个厚的圆片，不是大海，不是绿阴，是什么？我不知道！

假如生命是无味的，我不要来生。假如生命是有趣的，今生已是满足的了。

二

黑暗不是阴霾，我恨阴霾，我却爱黑暗。

在光明中，一切都显着了。黑是黑白是白的，也有了树，也有了花，也有了红墙，也有了蓝瓦；便一切崭然，便有人，有我，有世界。

颂美黑暗！讴歌黑暗！只有黑暗能将这一切都消灭调和于虚空混沌之中；没有了人，没有了我，更没有了世界！

黑暗的园里，和华同坐。看不见她，也更看不见我，我们只深深地谈着。说到同心处，竟不知是我说的，还是她说的，入耳都是天乐一般——只在一阵风过，槐花坠落如雨的时候，我因着衣上的感觉，和感觉的界限，才觉得“我”不是“她”，才觉得黑暗中仍有“我”的存在。

华在黑暗中递过一朵茉莉，说：“你戴上罢，随着花香，你纵然起立徘徊，我也知道你在何处。”——我无言地接了过来。

华妹呵，你终竟是个小孩子。槐花，茉莉，都是黑暗中最着迹的东西，在无人我的世界里，要拒绝这个！

三

“只是等着，等着，母亲还不回来呵！”

乳母在灯下睁着疲倦下垂的眼睛，说：“莹哥儿！不要尽着问我，你自己上楼去，在阑边望一望，山门内露出两盏红灯时，母亲便快来到了。”

我无疑地开了门出去，黑暗中上了楼——望着，望着，无有消息。

绕过那边阑旁，正对着深黑的大海，和闪烁的灯塔。

幼稚的心，也和成人一般，一时的光明朗澈——我深思，我数着灯光明灭的数儿，数到第十八次。我对着未曾想见的命运，自己假定地起了怀疑。

“人生！灯一般的明灭，飘浮在大海之中。”——我起了无知的长太息。

生命之灯燃着了，爱的光从山门边两盏红灯中燃着了！

四

在堂里忘了有雪，并不知有月。

匆匆地走出来，捻灭了灯，原来月光如水！

只深深的雪，微微的月呵！地下很清楚地现出扫除了的小径。我一步一步地走，走到墙边，还觉得脚下踏着雪中沙沙的枯叶。墙的黑影覆住我，我在影中抬头望月。

雪中的故宫，云中的月，甍瓦上的兽头——我回家去，在车上，我觉得这些熟见的东西，是第一次这样明澈生动地入到我的眼中，心中。

五

场厅里四隅都黑暗了，只整齐的椅子，一行行地在阴沉沉的影儿里平列着。

我坐在尽头上近门的那一边，抚着锦衣，抚着绣带和缨冠凝想——心情复杂得很。

晚霞在窗外的天边，一刹浓红，一刹深紫，回光到屋顶上——

台上琴声作了。一圈的灯影里，从台侧的小门，走出十几个白衣彩饰，散着头发的安琪儿，慢慢地相随进来，无声地在台上练习着第一场里的跳舞。

我凝然地看着，潇洒极了，温柔极了，上下的轻纱的衣袖，和着钬铮的琴声，合拍地和着我心弦跳动，怎样地感人呵！

灯灭了，她们又都下去了，台上台下只我一人了。

原是叫我出来疏散休息着的，我却哪里能休息？我想……一会儿这场里便充满了灯彩，充满了人声和笑语，怎知道剧前只为我一人的思考室呢？

在宇宙之始，也只有一个造物者，万有都整齐平列着。他凭在高阑，看那些光明使者，歌颂——跳舞。

到了宇宙之中，人类都来了，悲剧也好，喜剧也好，佯悲诡笑地演了几场。剧完了，人散了，灯灭了，……一时沉黑，只有无穷无尽的寂寞！

一会儿要到台上，要说许多的话；憨稚的话，激昂的话，恋别的话……何尝是我要说的？但我既这样地上了台，就必须这样地说。我千辛万苦，冒进了阴惨的夜宫，经过了光明的天国，结果在剧中还是做了一场大梦。

印证到真的——比较地真的——生命道上，或者只是时间上久暂的分别罢了；但在无限之生里，真的生命的几十年，又何异于台上之一瞬？

我思路沉沉，我觉悟而又惆怅，场里更黑了。

台侧的门开了，射出一道灯光来——我也须下去了，上帝！这也是“为一大事出世”！

我走着台上几小时的生命的道路……

又乏倦地倚着台后的琴站着——幕外的人声，渐渐地远了，人们都来过了；悲剧也罢，喜剧也罢，我的事完了；从宇宙之始，到宇宙之终，也是如此，生命的道路走尽了！

看她们洗去铅华，卸去妆饰，无声地忙乱着。

满地的衣裳狼藉，金戈和珠冠杂置着。台上的仇敌，现在也拉着手说话；台上的亲爱的人，却东一个西一个地各忙自己的事。

我只看着——终竟是弱者呵！我爱这几小时如梦的生命！我抚着头发，抚着锦衣，……“生命只这般地虚幻么?”

六

涵在廊上吹箫，我也走了出去。

天上只微微的月光，我撩起垂拂的白纱帐子来，坐在廊上的床边。

我的手触了一件蠕动的东西，细看时是一条很长的蜈蚣。我连忙用手绢拂到地上去，又唤涵踩死它。

涵放了箫，只默然地看着。

我又说：“你还不踩死它！”

他抬起头来，严重而温和的目光，使我退缩。他慢慢地说：“姊姊，这也是一个生命呵！”

霎时间，使我有无穷的惭愧和悲感。

七

父亲的朋友送给我们两缸莲花，一缸是红的，一缸是白的，都摆在院子里。

八年之久，我没有在院子里看莲花了——但故乡的园院里，却有许多；不但有并蒂的，还有三蒂的，四蒂的，都是红莲。

九年前的一个月夜，祖父和我在园里乘凉。祖父笑着和我说："我们园里最初开三蒂莲的时候，正好我们大家庭中添了你们三个姊妹。大家都欢喜，说是应了花瑞。"

半夜里听见繁杂的雨声，早起是浓阴的天，我觉得有些烦闷。从窗内往外看时，那一朵白莲已经谢了，白瓣儿小船般散飘在水面。梗上只留下小小的莲蓬，和几根淡黄色的花须，那一朵红莲，昨夜还是菡萏的，今晨却开满了，亭亭地在绿叶中间立着。

仍是不适意！——徘徊了一会儿，窗外雷声作了，大雨接着就来，愈下愈大。那朵红莲，被那繁密的雨点，打得左右攲斜。在无遮蔽的天空之下，我不敢下阶去，也无法可想。

对屋里母亲唤着，我连忙走过去，坐在母亲旁边——一回头忽然看见红莲旁边的一个大荷叶，慢慢地倾侧了来，正覆盖在红莲上面……我不宁的心绪散尽了！

雨势并不减退，红莲却不摇动了。雨点不住地打着，只能在那勇敢慈怜的荷叶上面，聚了些流转无力的水珠。

我心中深深地受了感动——

母亲呵！你是荷叶，我是红莲。心中的雨点来了，除了你，谁是我在无遮拦天空下的荫蔽？

一九二二年七月二十一日。

八

原是儿时的海，但再来时却又不同。

倾斜的土道，缓缓地走了下去——下了几天的大雨，溪水已涨抵桥板下了。再下去，沙上软得很，拣块石头坐下，伸手轻轻地拍着海水……儿时的朋友呵，又和你相见了！

一切都无改：灯塔还是远立着，海波还是粘天地进退着，坡上的花生园子，还是有人在耕种着。——只是我改了，膝上放着书，手里拿着笔，对着从前绝不起问题的四周的环境思索了。

居然低头写了几个字，又停止了，看了看海，坐得太近了，凝神的时候，似乎海波要将我漂起来。

年光真是一件奇怪的东西！一次来心境已变了，再往后时如何？也许是海借此要拒绝我这失了童心的人，不让我再来了。

天色不早了。采了些野花，也有黄的，也有紫的，夹在书里。无聊地走上坡去——华和杰他们却从远远的沙滩上，拾了许多美丽的贝壳和卵石，都收在篮里，我只站在桥边等着……

他们原和我当日一般，再来时，他们也有像我今日的感想么？

九

只在夜半忽然醒了的时候，半意识的状态之中，那种心情，我相信是和初生的婴儿一样的。——每一种东西，每一件事情，都渐渐地，清澈地，侵入光明的意识界里。

一个冬夜，只觉得心灵从渺冥黑暗中渐渐地清醒了来。

雪白的墙上，哪来些粉霞的颜色，那光辉还不住地跳动——是月夜么？比它清明。是朝阳么？比它稳定。欠身看时，却是薄帘外熊熊的炉火。是谁临睡时将它添得这样旺！

这时忽然了解是一夜的正中。我另到一个世界里去了，澄澈清明，不可描画，白日的事，一些儿也想不起来了，我只静静的……

回过头来，床边小几上的那盆牡丹，在微光中晕红着脸，好像浅笑着对我说："睡人呵！我守着你多时了。"水仙却在光影外，自领略她凌波微步的仙趣，又好像和倚在她旁边的梅花对语。

看守我的安琪儿呵！在我无知的浓睡之中，都将你们辜负了！

火光仍是漾着，我仍是静着——我意识的界限，却不止牡丹，不止梅花，渐渐地扩大起来了。但那时神清若水，一切的事，都像剔透玲珑的石子般，浸在水里，历历可数。

一会儿渐渐地又沉到无意识界中去了——我感谢睡神，他用梦的帘儿，将光雾般的一夜，和尘嚣的白日分开了，使我能完全地留一个清绝的记忆！

一〇

晚餐的时候。灯光之下，母亲看着我半天，忽然想起笑着说："从前在海边住的时候，我闷极了，午后睡了一觉，醒来遍处找不见你。"

我知道母亲要说什么——我只不言语，我忆起我五岁时的事情了。

弟弟们都问："往后呢？"

母亲笑着看着我说："找到大门前，她正呆呆地自己坐在石阶上，对着大海呢！我睡了三点钟，她也坐了三点钟了。可怜的寂寞的小人儿呵！你们看她小时已经是这样的沉默了——我连忙上前去，珍重地将她揽在怀里……”

母亲眼里满了欢喜慈怜的珠泪。

父亲也微笑了。——弟弟们更是笑着看我。

母亲的爱，和寂寞的悲哀，以及海的深远：都在我的心中，又起了一回不可言说的惆怅！

一一

忘记了是哪一个春天的早晨——

手里拿着几朵玫瑰，站在廊上——马莲遍地地开着，玫瑰更是繁星般在绿叶中颤动。

她们两个在院子里缓步，微微地互视地谈着。

这一切都与我无关涉——朝阳照着她们，和风吹着她们；她们的友情在朝阳下酝酿，她们的衣裙在和风中整齐地飘扬。

春浸透了这一切——浸透了花儿和青草……

上帝呵！独立的人不知道自己也浸在春光中。

一二

闷极，是出游都可散怀。——便和她们出游了半日。

回来了—— 一路只泛泛的。

震荡的车里，我只向后攀着小圆窗看着。弯曲的道儿，跟着车走来，愈引愈长。树木，村舍，和田垄，都向后退曳了去，只有西山峰上的晚霞不动。

车里，她们捉对儿谈话，我也和晚霞谈话。——“晚霞！我不配和你谈心，但你总可容我瞻仰。”

车进到城门里，我偶然想起那园来，她们都说去走一走，我本无聊，只微笑随着她们，车又退出去了。

悄悄地进入园里，天色渐暗了——忆起去年此时，正是出园的时候，那时心绪又如何？

幽凉里，走过小桥，走过层阶，她们又四散了。我一路低首行来，猛抬头见了烈冢。碑下独坐，四望青青，晚霞更红了！

正在神思飞越，忠从后面来了。我们下了台去，在仄径中走着。我说：“我愿意在此过这悠长的夏日，避避尘嚣。”她说：“佳时难再，此游也是纪念。”我无言点首。

鸟儿都休息了，不住地啁啾着——暮色里，匆匆地又走了出来。车进了城了，我仍是向后望着。凉风吹着衣袖和头发——庄严苍古的城楼，浮在晚霞上，竟留了个最浓郁的回忆！

一九二二年七月七日。

一三

小别之后，星来访我——坐在窗下写些字，看些画，晚凉时才出去。

只谈着谈着，篱外的夕阳渐渐地淡了，墙影渐渐地长了，晚霞退了，繁星生了；我们便渐渐浸到黑暗里，只能看见近旁花台里的小白花，在苍茫中闪烁——摇动。

她谈到沿途的经历和感想，便说："月下宜有清话。群居杂谈，实在无味。"

我说："夜坐谈话，到底比白日有趣，但各种的夜又不同了。月夜宜清谈，星夜宜深谈，雨夜宜絮谈，风夜宜壮谈……固然也须人地两宜，但似乎都有自然的趋势……"

那夜树影深深，四顾悄然，却是个星夜！

我们的谈话，并不深到许多，但已觉得和往日的微有不同。

一四

每次拿起笔来，头一件事忆起的就是海。我嫌太单调了，常常因此搁笔。

每次和朋友们谈话，谈到风景，海波又侵进谈话的岸线里，我嫌太单调了，常常因此默然，终于无语。

一次和弟弟们在院子里乘凉，仰望天河，又谈到海。我想索性今夜彻底地谈一谈海，看词锋到何时为止，联想至何处为极。

我们说着海潮，海风，海舟……最后便谈到海的女神。

涵说："假如有位海的女神，她一定是'艳如桃李，冷若冰霜'的。"我不觉笑问："这话怎讲？"

涵也笑道："你看云霞的海上，何等明媚；风雨的海上，又是何等的阴沉！"

杰两手抱膝凝听着，这时便运用他最丰富的想象力，指点着说："她……她住在灯塔的岛上，海霞是她的扇旗，海鸟是她的侍从；夜里她曳着白衣蓝裳，头上插着新月的梳子，胸前挂着明星的璎珞；翩翩地飞行于海波之上……"

楫忙问："大风的时候呢？"杰道："她驾着风车，狂飙疾转地在怒涛上驱走；她的长袖拂没了许多帆舟。下雨的时候，便是她忧愁了，落泪了，大海上一切都低头静默着。黄昏的时候，霞光灿然，便是她回波电笑，云发飘扬，丰神轻柔而潇洒……"

这一番话，带着画意，又是诗情，使我神往，使我微笑。

楫只在小椅子上，挨着我坐着，我抚着他，问："你的话必是更好了，说出来让我们听听！"他本静静地听着，至此便抱着我的臂儿，笑道："海太大了，我太小了，我不会说。"

我肃然——涵用折扇轻轻地击他的手，笑说："好一个小哲学家！"

涵道："姊姊，该你说一说了。"我道："好的都让你们说尽了——我只希望我们都像海！"

杰笑道："我们不配做女神，也不要'艳如桃李，冷若冰霜'的。"

他们都笑了——我也笑说："不是说做女神，我希望我们都做个'海化'的青年。像涵说的，海是温柔而沉静。杰说的，海是超绝而威严。楫说的更好了，海是神秘而有容，也是虚怀，也是广博……"

我的话太乏味了，楫的头渐渐地从我臂上垂下去，我扶住了，回身轻轻地将他放在竹榻上。

涵忽然说："也许是我看的书太少了，中国的诗里，咏海的真是不多；可惜这么一个古国，上下数千年，竟没有一个'海化'的诗人！"

从诗人上，他们的谈锋便转移到别处去了——我只默默地守着楫坐着，刚才的那些话，只在我心中，反复地寻味——思想。

一五

黄昏时下雨，睡得极早，破晓听见钟声断续地敲着。

这钟声不知是哪个寺里的，起得稍早，便能听见——尤其是冬日——但我从来未曾数过，到底敲了多少下。

徐徐地披衣整发，还是四无人声，只闻啼鸟。开门出去，立在阑外，润湿的晓风吹来，觉得春寒还重。

地下都潮润了，花草更是清新，在蒙蒙的晓烟里笼盖着，秋千的索子，也被朝露压得沉沉下垂。

忽然理会得枝头渐绿，墙内外的桃花，一番雨过，都零落了——

忆起断句“落尽桃花澹天地”，临风独立，不觉悠然！

一六

一年三百六十五天，有许多可记的事；一年三百六十五夜，更有许多可记的梦。

在梦中常常是神志湛然，飞行绝迹，可以解却许多白日的尘机烦虑。更有许多不可能的、意外的遨游，可以突兀实现。

一个春夜：梦见忽然在一个长廊上徐步，一带的花竹阑干，阑外是水。廊上近水的那一边，不到五步，便放着一张小桌子，用花边的白布罩着，中间一瓶白丁香花，杂着玫瑰，旁边还错落地摆着杯盘。望到廊的尽处，几百张小桌子，都是一样的。好像是有什么大集会，候客未来的光景。

我不敢久驻，轻轻地走过去。廊边一扇绿门，徐徐推开，又换了一番景致，长廊上的事，一概忘了。

门内是一间书室，尽是藤榻竹椅，地上铺着花席。一个女子，近窗写着字，我仿佛认得是在夏令会里相遇的谁家姊妹之一。

我们都没有说什么，我也未曾向她谢擅入的罪，似乎我们又是约下的。这时门外走进她的妹妹来，笑着便带我出去。

走过很长的甬道，两旁柱上挂着许多风景片，也都用竹框嵌着，道旁遮满了马樱花。

出了一个圆门——便是梦中意识的焦点，使我醒后能带挈着以上的景致，都深忆不忘的——到了门外，只见一望无边蔚蓝欲化的水。

这一片水：不是湖也不是海，比湖蔚蓝，比海平静，光艳得不可描画。……不可描画！生平醒时和梦中所见的水，要以此为第一了！

一道柳堤将这水界开了，绿意直伸到水中去。堤上缓步行来。梦中只觉飘然，悠然，而又抚然！

走尽了长堤，到了青翠的小山边，一处层阶之下，听得堂上有人讲书。她家的姊姊忽然又在旁边，问我："你上去不？"我谢她说："不去罢，还是到水边好。"

一转身又只剩我自己了，这回却沿着水岸走。风吹着柳叶。附满了绿苔的石头，错杂地在细流里立着。水光浸透了我沉醉的灵魂……

帘子一声响，梦惊碎了！水光在我眼前漾了几漾，便一时散开了，荡化了！

张递过一封信，匆匆地便又出去。

我要留梦，梦已去无痕迹……

朦胧里拿起信来一看，却是琳在西湖寄我的一张明片。

晚上我便寄她几行字：

> 姊姊！
> 清福便独享了罢，
> 何须寄我些春泛的新诗？
> 心灵里已是烦忙，
> 又添了未曾相识的湖山，
> 频来入梦！
>
> ——《春水》一五七

一七

我坐在院里，仪从门外进来，悄悄地和我说：“你睡了以后，叔叔骑马去了，是那匹好的白马……”我连忙问：“在哪里？”他说：“在山下呢，你去了，可不许说是我告诉的。”我站起来便走。仪自己笑着，走到书室里去了。

出门便听见涛声，新雨初过，天上还是轻阴。曲折平坦的大道，直斜到山下，既跑了就不能停足，只身不由己地往下走。转过高岗，已望见父亲在平野上往来驰骋。这时听得乳娘在后面追着，唤：“慢慢地走！看道滑掉在谷里！”我不能回头，索性不理她。我只不住地唤着父亲，乳娘又不住地唤着我。

父亲已听见了，回身立马不动。到了平地上，看见董自己远远地立在树下。我笑着走到父亲马前，父亲凝视着我，用鞭子微微地击我的头，说：“睡好好的，又出来作什么！”我不答，只举着两手笑说：“我也上去！”

父亲只得下来，马不住地在场上打转，父亲用力牵住了，扶我骑上。董便过来挽着辔头，缓缓地走了。抬头一看，乳娘本站在岗上望着我，这时才转身下去。

我和董说：“你放了手，让我自己跑几周！”董笑说：“这马野得很，姑娘管不住，我快些走就得了。”

渐渐地走快了，只听得耳旁海风，只觉得心中虚凉，只不住地笑，笑里带着欢喜与恐怖。

父亲在旁边说：“好了，再走要头晕了！”说着便走过来。我撩开脸上的短发，双手扶着鞍子，笑对父亲说：“我再学骑十年的马，就可以从军去了，像父亲一般，做勇敢的军人！”父亲微笑不答。

马上看了海面的黄昏——

董在前牵着，父亲在旁扶着。晚风里上了山，直到门前。母亲和仪，还有许多人，都到马前来接我。

一八

我最怕夏天白日睡眠，醒时使人惆怅而烦闷。

无聊地洗了手脸，天色已黄昏了，到门外园院小立，抬头望见了一天金黄色的云彩。——世间只有云霞最难用文字描写，心里融会得到，笔下却写不出。因为文字原是最着迹的，云霞却是最灵幻的，最不着迹的，徒唤奈何！

回身进到院里，隔窗唤涵递出一本书来，又到门外去读。云彩又变了，半圆的月，渐渐地没入云里去了。低头看了一会子的书。听得笑声，从圆形的缘满豆叶的棚下望过去，杰和文正并坐在秋千上；往返地荡摇着，好像一幅活动的影片，——光也从圆片上出现了，在后面替他们推送着。光夏天瘦了许多，但短发拂额，仍掩不了她的憨态。

我想随处可写，随时可写，时间和空间里开满了空灵清艳的花，以供慧心人的采撷，可惜慧心人写不出！

天色更暗了，书上的字已经看不见。云色又变了，从金黄色到了暗灰色。轻风吹着纱衫，已是太凉了，月儿又不知哪里去了。

一九二二年七月五日。

一九

后楼上伴芳弹琴。忽然大雷雨——

那些日子正是初离母亲过宿舍生活的时期。一连几天，都是好天气，同学们一起读书说笑，不觉把家淡忘了。——但这时我心里突然地郁闷焦躁。

我站在琴旁，低头抚着琴上的花纹说：“我们到前楼去罢！”芳住了琴劝我说：“等止了雨再走，你看这么大的雨，如何走得下去；你先在一旁坐着，听我弹琴，好不好？”我无聊只得坐下。

雷声只管隆隆，雨声只管澎湃。天容如墨，窗内黑暗极了。我替芳开了琴旁的电灯，她依旧弹着琴，只抬头向我微微地笑了一笑。

她不注意我，我也不注意她——我想这时母亲在家里，也不知道做些什么？也许叫人卷起苇帘，挪开花盆，小弟弟们都在廊上拍手看雨……

想着，目注着芳的琴谱，忽然觉得纸上渐渐地亮起来。

回头一看，雨已止了，夕阳又出来了，浮云都散了，奔走得很快。树上更绿了，蝉儿又带着湿声乱叫着。

我十分欢喜，过去唤芳说：“雨住了，我们下去罢！”芳看一看壁上的钟，说：“只剩一刻钟了，再容我弹两遍。”我不依，说：“你不去，我自己去。”说着回头便走。她只得关上琴盖，将琴谱收在小柜子里，一面笑道：“你这孩子真磨人！”

球场边雨水成湖，我们挨着墙边，走来走去。藤萝上的残滴，还不时地落下来，我们并肩站在水边，照见我们在天上云中的影子。

只走来走去地谈着，郁闷已没有了。那晚我竟没有上夜堂去，只坐在秋千板上，芳攀着秋千索子，站在我旁边，两人直谈到深夜。

二〇

精神上的朋友宛因，和我的通讯里，曾一度提到死后，她说：“我只要一个白石的坟墓，四面矮矮的石阑，墓上一个十字架，再有一个仰天沉思的石像。……这墓要在山间幽静处，丛树阴中，有溪水徐流，你一日在世，有什么新开的花朵，替我放上一两束，其余的人，就不必到那里去。”

我看完这一段，立时觉得眼前涌现了一幅清幽的图画。

但是我想来想去……宛因呵，你还未免太“人间化”了！

何如脚儿赤着，发儿松松地绾着，躯壳用缟白的轻绡裹着，放在一个空明莹澈的水晶棺里，用纱灯和细乐，一叶扁舟，月白风清之夜，将这棺儿送到海上，在一片挽歌声中，轻轻地系下，葬在海波深处。

想象吊者白衣如雪，几只大舟，首尾相接，耀以红灯，绕以清乐，一簇地停在波心。何等凄清，何等苍凉，又是何等豪迈！

以万顷沧波作墓田，又岂是人迹可到？即使专诚要来瞻礼，也只能下俯清波，遥遥凭吊。

更何必以人间暂时的花朵，来娱悦海中永久的灵魂！看天上的乱星孤月，水面的晚烟朝霞，听海风夜奔，海波夜啸。比新开的花，徐流的水，其壮美的程度相去又如何？

从此穆然，超然，在神灵上下，鱼龙竞逐，珊瑚玉树交枝回绕的渊底，垂目长眠：那真是数千万年来人类所未享过的奇福！

至此搁笔，神志洒然，忽然忆起少作走韵的“集龚”中有：“少年哀乐过于人，消息都妨父老惊，一事避君君匿笑，欲求缥缈反幽深。”——不觉一笑！

一九二二年七月三十一日。

（原载《小说月报》1922年10月第13卷第10期）

一日的春光

去年冬末，我给一位远方的朋友写信，曾说："我要尽量地吞咽今年北平的春天。"

今年北平的春天来得特别地晚，而且在还不知春在哪里的时候，抬头忽见黄尘中绿叶成荫，柳絮乱飞，才晓得在厚厚的尘沙黄幕之后，春还未曾露面，已悄悄地远引了。

天下事都是如此——

去年冬天是特别的冷，也显得特别的长。每天夜里，灯下孤坐，听着扑窗怒号的朔风，小楼震动，觉得身上心里，都没有一丝暖气，一冬来，一切的快乐，活泼，力量，生命，似乎都冻得蜷伏在每一个细胞的深处。我无聊地慰安自己说："等着罢，冬天来了，春天还能很远么？"

然而这狂风，大雪，冬天的行列，排得意外地长，似乎没有完尽的时候。有一天看见湖上冰软了，我的心顿然欢喜，说："春天来了！"当天夜里，北风又卷起漫天匝地的黄沙，忿怒地扑着我的窗户，把我心中的春意，又吹得四散。有一天看见柳梢嫩黄了，那天的下午，又不住地下着不成雪的冷雨，黄昏时节，严冬的衣服，又披上了身。有一天看见院里的桃花开了，这天刚刚过午，从东南的天边，顷刻布满了惨暗的黄云，跟着千枝风动，这刚放蕊的春英，又都埋罩在漠漠的黄尘里……

九十天看看过尽——我不信了春天！

几位朋友说："到大觉寺看杏花去罢。"虽然我的心中，始终未曾得到春的消息，却也跟着大家去了。到了管家岭，扑面的风尘里，几百棵杏树枝头，一望已尽是残花败蕊；转到大工，向阳的山谷之中，还有几株盛开的红杏，然而盛开中气力已尽，不是那满树浓红，花蕊相间的情态了。

我想："春去了就去了罢！"归途中心里倒也坦然，这坦然中是三分悼惜，七分憎嫌，总之，我不信了春天。

四月三十日的下午，有位朋友约我到挂甲屯吴家花园去看海棠，"且喜天气晴明"——现在回想起来，那天是九十春光中唯一的春天——海棠花又是我所深爱的，就欣然地答应了。

东坡恨海棠无香，我却以为若是香得不妙，宁可无香。我的院里栽了几棵丁香和珍珠梅，夏天还有玉簪，秋天还有菊花，栽后都很后悔。因为这些花香，都使我头痛，不能折来养在屋里。所以有香的花中，我只爱兰花、桂花、香豆花和玫瑰，无香的花中，海棠要算我最喜欢的了。

海棠是浅浅的红，红得“乐而不淫”，淡淡的白，白得“哀而不伤”，又有满树的绿叶掩映着，秾纤适中，像一个天真、健美、欢悦的少女，同是造物者最得意的作品。

斜阳里，我正对着那几树繁花坐下。

春在眼前了！

这四棵海棠在怀馨堂前，北边的那两棵较大，高出堂檐约五六尺。花后是响晴蔚蓝的天，淡淡的半圆的月，遥俯树梢。这四棵树上，有千千万万玲珑娇艳的花朵，乱烘烘的在繁枝上挤着开……

看见过幼稚园放学没有？从小小的门里，挤着地跳出涌出使人眼花缭乱的一大群的快乐，活泼，力量，和生命；这一大群跳着涌着地分散在极大的周围，在生的季候里做成了永远的春天！

那在海棠枝上卖力的春，使我当时有同样的感觉。

一春来对于春的憎嫌，这时都消失了，喜悦地仰首，眼前是烂漫的春，骄奢的春，光艳的春，——似乎春在九十日来无数地徘徊瞻顾，百就千拦，只为的是今日在此树枝头，快意恣情地一放！

看得恰到好处，便辞谢了主人回来。这春天吞咽得口有余香！过了三四天，又有友人来约同去，我却回绝了。今年到处寻春，总是太晚，我知道那时若去，已是“落红万点愁如海”，春来萧索如斯，大不必去惹那如海的愁绪。

虽然九十天中，只有一日的春光，而对于春天，似乎已得了报复，不再怨恨憎嫌了。只是满意之余，还觉得有些遗憾，如同小孩子打架后相寻，大家忍不住回嗔作喜，却又不肯即时言归于好，只背着脸，低着头，撅着嘴说：“早知道你又来哄我找我，当初又何必把我冰在那里呢？”

一九三六年五月八日夜，北平。

（原载《宇宙风》1936年6月1日第18期）

只拣儿童多处行

从香山归来，路过颐和园，看见颐和园门口，就像散戏似的，成千盈百的孩子，闹嚷嚷地从门内挤了出来。这几扇大红门，就像一只大魔术匣子，盖子敞开着，飞涌出一群接着一群的关不住的小天使。

这情景实在有趣！我想起两句诗："儿童不解春何在，只拣游人多处行"，反过来也可以说，"游人不解春何在，只拣儿童多处行"。我们笑着下了车，迎着儿童的涌流，挤进颐和园去。

我们本想在知春亭畔喝茶，哪知道知春亭畔已是座无隙地！女孩子、男孩子，戴着红领巾的，把外衣脱下搭在肩上拿在手里的，东一堆，西一簇，唧唧呱呱地，也不知说些什么，笑些什么，个个鼻尖上闪着汗珠，小小的身躯上喷发着太阳的香气息。也有些孩子，大概是跑累了，背倚着树根坐在小山坡上，聚精会神地看小人书。湖面无数坐满儿童的小船，在波浪上荡漾，一面一面鲜红的队旗，在骀荡的东风里哗哗地响着。

我们站了一会，沿着湖边的白石栏杆向玉澜堂走，在转折的地方，总和一群一群的孩子撞个满怀，他们匆匆地说了声“对不起”，又匆匆地往前跑，知春亭和园门口大概是他们集合的地方，太阳已经偏西，是他们归去的时候了。

走进玉澜堂的院落里，眼睛突然地一亮，那几棵大海棠树，开满了密密层层的淡红的花，这繁花开得从树枝开到树梢，不留一点空隙，阳光下就像几座喷花的飞泉……

春光，就会这样地饱满，这样地烂漫，这样地泼辣，这样地华侈，它把一冬天蕴藏的精神、力量，都尽情地挥霍出来了！

我们在花下大声赞叹，引起一群刚要出门的孩子，又围聚过来了，他们抬头看看花，又看看我们。我拉住一个额前披着短发的男孩子，笑问：“你说这海棠花好看不好看？”他忸怩地笑着说：“好看。”我又笑问：“怎么好法？”当他说不出来低头玩着纽扣的时候，一个在他后面的女孩子笑着说：“就是开得旺嘛！”于是他们就像过了一关似的，笑着推着跑出门外去了。

对，就是开得旺！只要管理得好，给它适时地浇水施肥，花也和儿童一样，在春天的感召下，欢畅活泼地，以旺盛的生命力，舒展出新鲜美丽的四肢，使出浑身解数，这时候，自己感到快乐，别人看着也快乐。

朋友，春天在哪里？当你春游的时候，记住“只拣儿童多处行”，是永远不会找不到春天的！

（原载《北京晚报》1962年5月6日）

无家乐

家，是多么美丽甜柔的一个名词！

征人游子，一想到家，眼里会充满了眼泪，心头会起一种甜酸杂糅的感觉。这种描写，在中外古今的文里，不知有多少，且不必去管它。

但是“家”，除开了情感的分子，它那物质方面，包罗的可真多了：上自父母子女，下至鸡犬猫猪；上自亭台池沼，下至水桶火盆，油瓶盐罐，都是“家”之一部分，所以说到管家，哪一个主妇不皱眉？一说到搬家，哪一个主妇不头痛？

在下雨或雨后的天，常常看见蜗牛拖着那黏软的身体，在那凝涩潮湿的土墙上爬，我对它总有一种同情，一番怜悯！这正是一个主妇的象征！

蜗牛的身体，和我们的感情是一样的，绵软又怯弱。它需要一个厚厚的壳常常要没头没脑地钻到里面去，去求安去取暖。这厚厚的壳，便是由父母子女，油瓶盐罐所组织成的那个沉重而复杂的家！结果呢，它求安取暖的时间很短，而背拖着这厚壳，咬牙蠕动的时候居多！

新近因为将有远行，便暂时把我的家解散了，三个孩子分寄在舅家去，自己和丈大借住在亲戚或朋友的家中，东家眠，西家吃，南京、上海、北平地乱跑，居然尝到了二十年来所未尝到的自由新鲜的滋味，那便是无家之乐。

古人说“无官一身轻”，这人是一个好官！他把做官当作一种责任，去了官，卸了责任，他便一身轻快，羽化而登仙。我们是说“无家一身轻”，没有了家，也没有了责任，不必想菜单，不必算账，不必洒扫，不必……哎哟，“不必”的事情就数不清了。这时你觉得耳朵加倍清晰，眼睛加倍发亮，脑筋加倍灵活，没事想找事做。

于是平常你听不见的声音，也听见了；平常看不出颜色，也看出了；平常想不起的人物和事情，也一齐想起了；多热闹，多灿烂，多亲切，多新鲜！

这次回到南京来，觉得南京之秋，太可爱可怜了，天空蓝得几乎赶得上北平，每天夜里的星星和月亮，都那么清冷晶莹的，使人屏息，使人低首。早晨起来，睁眼看见纱窗外一片蓝空，等不了扣好衣纽，便逼得人跑到门外去。在那蒙着一层微霜的纤草地上，自在疏慵地躺着十几片稀落的红黄的大枫叶，垂柳在风中快乐地摇曳，池里的凤尾红鱼在浮萍中间自由唼喋着，看见人来，泼剌地便游沉下去了。

这一天便这样自由自在地开始。

我的朋友们，都住在颐和路一带，早起就开始了颐和路的巡礼，为着访友，为着吃饭，这颐和路一天要走七八遭。我曾笑对朋友说，将来南京市府要翻修颐和路的时候，我要付相当的修理费的，因为我走得太多了。

朋友们的气味，和我大都相投，谈起来十分起劲，到了快乐和伤心时候，都可以掉下眼泪，也有时可以深到忍住眼泪。本来么，这八九年来世界、国家，和个人的大变迁，做成了多少悲欢离合的事情，多少甜酸苦辣的情感。这九年的光阴，把我们从“蒙昧”的青春，推到了“了解”的中年，把往事从头细说，分析力和理会力都加强了，忽然感到了九年前所未感觉到的悲哀和矛盾——但在这悲哀和矛盾中，也未尝没有从前所未感觉到的宁静和自由。

谈够了心，忽然想出去走走，于是一窝蜂似的又出去了。我们发现玄武湖上，凭空添出了几个幽静清雅的角落，这里常常是没有人，或者是一两个无事忙的孩子，占住这小亭或小桥的一角。这广大的水边，一洗去车水船龙的景象，把晴空万里的天，耀眼生花的湖水，浓纤纤的草地，静悄悄的楼台，都交付了我们这几个闲人。我们常常用宝爱珍惜的心情走了进来，又用留恋不舍的心情走了出去。

不但玄武湖上多出许多角落，连大街上也多出无数五光十色、炫目夺人的窗户。好久不开发家用了，仿佛口袋里的钱，总是用不完，于是东也买点，西也买点，送人也好，留着也好，充分享受了任意挥霍的快感。当我提着、夹着、捧着一大堆东西，飘飘然回到寓所的时候，心中觉得我所喜欢的不是那些五光十色的糖果，乃是这糖果后面一种挥霍的快乐。

还有种种纸牌戏：十年前我是决不玩的，觉得这是耗时伤神的事情。抗战以后，在寂寞困苦的环境中，没有了其他户外的娱乐，纸牌就成为唯一的游戏。到了重庆，在空袭最猛烈的季节，红球挂起，警报来到，把孩子送下防空洞，等待紧急警报的时间也常常摊开纸牌，来松弛大家紧张的心情。但那还是拿玩牌当作一种工具，如平常大学教授之“卫生牌”，来调和实验室里单调的空气。这次玩牌却又不同了，仿佛我是度一种特别放纵的假期，横竖夜里无须早睡，早晨无须早起，想病就病，想歇就歇，于是六七天来，差不多天天晚上有几个朋友，边笑边谈，一边是有天没日地玩着种种从未玩过的纸牌花样。

这无家之乐，还在绵延之中，我们还在计算着在远行之前，挤出两三天去游山玩水……但我已有了一种隐隐寂寞的感觉！记得幼年在私塾时期，从年夜晚起，锣鼓喧天的直玩到正月十五，等到月上柳梢，一股寂寞之感，猛然袭来，真是“道场散了”！一会儿就该烧灯睡觉，在冷冷的被窝中，温理这十五天来昏天黑地的快乐生涯，明天起再准备看先生的枯皱无情的脸，以及书窗外几枝疏落僵冷的梅花。

上帝创造蜗牛时候，就给它背上一个厚厚的壳，肯背也罢，不肯背也罢，它总得背着那厚壳在蠕动。一来二去地，它对这厚壳，发生了情感。没有了这壳，它虽然暂时得到了一种未经验过的自由，而它心中总觉得反常，不安逸！

我所要钻进去的那一个壳，是远在海外的东京。和以前许多的壳一样，据说也还清雅，再加上我的稳静的丈夫，和娇憨的小女，为求安取暖，还是不差！

是壳也罢，不是壳也罢，“家”是多么美丽甜柔的一个“名词”！

一九四六年十月廿日，南京颐和路。

（原载《世纪评论》1947年2月第1卷第5期）

寄小读者

春天已在云中微笑，将临到了。那时我更有温柔的消息，报告你们。

《寄小读者》四版自序[①]

假如文学的创作，是由于不可遏抑的灵感，则我的作品之中，只有这一本是最自由，最不思索的了。

这书中的对象，是我挚爱恩慈的母亲。她是最初也是最后我所恋慕的一个人。我提笔的时候，总有她的颦眉或笑脸涌现在我的眼前。她的爱，使我由生中求死——要担负别人的痛苦；使我由死中求生——要忘记自己的痛苦。生命中的

---

① 《给〈儿童世界〉的小读者》（即《寄小读者》通讯29则），从1923年7月29日开始陆续在《晨报·儿童世界》上发表。1927年结集为《寄小读者》，由北新书局出版。1931年上海合成书店出版《冰心女士全集（续编）》，此文又作为该书的序文。

经验，渐渐加增，我也渐渐地撷到了生命花丛中的尖刺。在一切躯壳和灵魂的美丽芬芳的诱惑之中，我受尽了情感的颠簸；而“到底为谁活着”的观念，也日益明了……

感谢上帝，在我最初一灵不昧的入世之日，已予我以心灵永久的皈依和寄托——

我无有话说，人生就是人生！母亲付予了我以灵魂和肉体，我就以我的灵肉来探索人生。以往的试验探索的结果，使我写了寄小朋友这些书信。这书中有幼稚的欢乐，也有天真的眼泪！

年来笔下消沉多了，然而我觉得那抒写的情绪，总是不绝如缕，乙乙欲抽——记得一九二四年的初春，在沙穰青山的病榻上，背倚着楼阑凝望：正是山雨欲来的时候，湿风四起，风片中夹带着新草的浓香。黑云飞聚，压盖得楼前的层山叠嶂，浮起了艳艳的绿光。天容如墨，而如墨的云隙中，万缕霞光，灿穿四射，影满大地！我那时神悚目夺，瞿然惊悦，我在预觉着这场风雨后芳馨浓郁的春光！

小朋友，朗润园池中春冰已泮，而我怀仍结！在这如结久蕴的情怀之后，我似乎也觉着笔下来归的隐隐的春光。我在墙头小山上徐步，土湿如膏，西望玉泉山上的塔，和万寿山上的佛香阁，排云殿等等，都隐在浓雾之中，而浓雾却遮不住那丛树枝头嫩黄的生意，春天来了！

小朋友，冰心应许你在这一春中，再报告你们些幼稚的欢乐，天真的眼泪，虽然她也怕在生命花刺渐渐握满之后，欢笑不成，眼泪不落……

小朋友，记取，春天来了！

三，廿，一九二七年，朗润园志。

（原载《晨报副镌》1927年3月24日）

寄小读者（节选）

通讯一

似曾相识的小朋友们：

我以抱病又将远行之身，此三两月内，自分已和文字绝缘；因为昨天看见《晨报》副刊上已特辟了“儿童世界”一栏，欣喜之下，便借着软弱的手腕，生疏的笔墨，来和可爱的小朋友，作第一次的通讯。

在这开宗明义的第一信里，请你们容我在你们面前介绍我自己。我是你们天真队里的一个落伍者——然而有一件事，是我常常用以自傲的：就是我从前也曾是一个小孩子，现在还有时仍是一个小孩子。为着要保守这一点天真直到我转入另一世界时为止，我恳切地希望你们帮助我，提携我，我自己也要永远勉励着，做你们的一个最热情最忠实的朋友！

小朋友，我要走到很远的地方去。我十分地喜欢有这次的远行，因为或者可以从旅行中多得些材料，以后的通讯里，能告诉你们些略为新奇的事情。——我去的地方，是在地球的那一边。我有三个弟弟，最小的十三岁了。他念过地理，知道地球是圆的。他开玩笑地和我说："姊姊，你走了，我们想你的时候，可以拿一条很长的竹竿子，从我们的院子里，直穿到对面你们的院子去，穿成一个孔穴。我们从那孔穴里，可以彼此看见。我看看你别后是否胖了，或是瘦了。"小朋友想这是可能的事情么？——我又有一个小朋友，今年四岁了。他有一天问我说："姑姑，你去的地方，是比前门还远么？"小朋友看是地球的那一边远呢？还是前门远呢？

我走了——要离开父母兄弟，一切亲爱的人。虽然是时期很短，我也已觉得很难过。倘若你们在风晨雨夕，在父亲母亲的膝下怀前，姊妹弟兄的行间队里，快乐甜柔的时光之中，能联想到海外万里有一个热情忠实的朋友，独在恼人凄清的天气中，不能享得这般浓福，则你们一瞥时的天真的怜念，从宇宙之灵中，已遥遥地付与我以极大无量的快乐与慰安！

小朋友，但凡我有工夫，一定不使这通讯有长期间的间断。若是间断的时候长了些，也请你们饶恕我。因为我若不是在童心来复的一刹那顷拿起笔来，我决不敢以成人烦杂之心，来写这通讯。这一层是要请你们体恤怜悯的。

这信该收束了，我心中莫可名状，我觉得非常地荣幸！

冰　心

一九二三年七月二十五日。

通讯三

亲爱的小朋友：

昨天下午离开了家，我如同入梦一般。车转过街角的时候，我回头凝望着——除非是再看见这缘满豆叶的棚下的一切亲爱的人，我这梦是不能醒的了！

送我的尽是小孩子——从家里出来，同车的也是小孩子，车前车后也是小孩子。我深深觉得凄恻中的光荣。冰心何福，得这些小孩子天真纯洁的爱，消受这甚深而不牵累的离情。

火车还没有开行，小弟弟冰季别到临头，才知道难过，不住地牵着冰叔的衣袖，说：“哥哥，我们回去罢。”他酸泪盈眸，远远地站着。我叫过他来，捧住了他的脸，我又无力地放下手来，他们便走了。——我们至终没有一句话。

慢慢地火车出了站，一边城墙，一边杨柳，从我眼前飞过。我心沉沉如死，倒觉得廓然，便拿起国语文学史来看，刚翻到“卿云烂兮”一段，忽然看见书页上的空白处写着几个大字：“别忘了小小。”我的心忽然一酸，连忙抛了书，走到对面的椅子上坐下——这是冰季的笔迹呵！小弟弟，如何还困弄我于别离之后？

夜中只是睡不稳，几次坐起，开起窗来，只有模糊的半圆的月，照着深黑无际的田野。——车只风驰电掣的，轮声轧轧里，奔向着无限的前途。明月和我，一步一步地离家远了！

今早过济南，我五时便起来，对窗整发。外望远山连绵不断，都没在朝霭里，淡到欲无。只浅蓝色的山峰一线，横亘天空。山坳里人家的炊烟，蒙蒙地屯在谷中，如同云起。朝阳极光明地照临在无边的整齐青绿的田畦上。我梳洗毕凭窗站了半点钟，在这庄严伟大的环境中，我只能默然低头，赞美万能智慧的造物者。

过泰安府以后，朝露还零。各站台都在浓阴之中，最有古趣，最清幽。到此我才下车稍稍散步，远望泰山，悠然神往。默诵“高山仰止，景行行止，虽不能至，心向往之”四句，反复了好几遍。

自此以后，站台上时闻皮靴拖踏声，刀枪相触声，又见黄衣灰衣的兵丁，成队地来往梭巡。我忽然忆起临城劫车的事，知道快到抱犊冈了，我切愿一见那些持刀背剑来去如飞的人。我这时心中只憬憧着梁山泊好汉的生活，武松林冲鲁智深的生活。我不是羡慕什么分金阁，剥皮亭，我羡慕那种激越豪放，大刀阔斧的胸襟！

因此我走出去，问那站在两车挂接处荷枪带弹的兵丁。他说快到临城了，抱犊冈远在几十里外，车上是看不见的。他和我说话极温和，说的是纯正的山东话。我如同远客听到乡音一般，起了无名的喜悦。——山东是我灵魂上的故乡，我只喜欢忠恳的山东人，听那生怯的山东话。

一站一站地近江南了，我旅行的快乐，已经开始。这次我特意定的自己一间房子，为的要自由一些，安静一些，好写些通讯。我靠在长枕上，近窗坐着。向阳那边的窗帘，都严严地掩上。对面一边，为要看风景，便开了一半。凉风徐来，这房里寂静幽阴已极。除了单调的轮声以外，与我家中的书室无异。窗内虽然没有满架的书，而窗外却旋转着伟大的自然。笔在手里，句在心里，只要我不按铃，便没有人进来搅我。龚定盦有句云：“……都道西湖清怨极，谁分这般浓福？……”今早这样恬静喜悦的心境，是我所梦想不到的。书此不但自慰，并以慰弟弟们和记念我的小朋友。

冰　心

一九二三年八月四日，津浦道中。

通讯七

亲爱的小朋友：

八月十七的下午，约克逊号邮船无数的窗眼里，飞出五色飘扬的纸带，远远地抛到岸上，任凭送别的人牵住的时候，我的心是如何的飞扬而凄恻！

痴绝的无数的送别者，在最远的江岸，仅仅牵着这终于断绝的纸条儿，放这庞然大物，载着最重的离愁，飘然西去！

船上生活，是如何的清新而活泼。除了三餐外，只是随意游戏散步。海上的头三日，我竟完全回到小孩子的境地中去了，套圈子，抛沙袋，乐此不疲，过后又绝然不玩了。后来自己回想很奇怪，无他，海唤起了我童年的回忆，海波声中，童心和游伴都跳跃到我脑中来。我十分地恨这次舟中没有几个小孩子，使我童心来复的三天中，有无猜畅好的游戏！

我自少住在海滨，却没有看见过海平如镜。这次出了吴淞口，一天的航程，一望无际尽是粼粼的微波。凉风习习，舟如在冰上行。到过了高丽界，海水竟似湖光。蓝极绿极，凝成一片。斜阳的金光，长蛇般自天边直接到阑旁人立处。上自穹苍，下至船前的水，自浅红至于深翠，幻成几十色，一层层，一片片地漾开了来。……小朋友，恨我不能画，文字竟是世界上最无用的东西，写不出这空灵的妙景！

八月十八夜，正是双星渡河之夕。晚餐后独倚阑旁，凉风吹衣。银河一片星光，照到深黑的海上。远远听得楼阑下人声笑语，忽然感到家乡渐远。繁星闪烁着，海波吟啸着，凝立悄然，只有惆怅。

十九日黄昏，已近神户，两岸青山，不时地有渔舟往来。日本的小山多半是圆扁的，大家说笑，便道是“馒头山”。这馒头山沿途点缀，直到夜里，远望灯光灿然，已抵神户。船徐徐停住，便有许多人上岸去。我因太晚，只自己又到最高层上，初次看见这般璀璨的世界，天上微月的光，和星光，岸上的灯光，无声相映。不时地还有一串光明从山上横飞过，想是火车周行。……舟中寂然，今夜没有海潮音，静极心绪忽起：“倘若此时母亲也在这里……”我极清晰地忆起北京来，小朋友，恕我，不能往下再写了。

冰　心

一九二三年八月二十日，神户。

朝阳下转过一碧无际的草坡，穿过深林，已觉得湖上风来，湖波不是昨夜欲睡如醉的样子了。——悄然地坐在湖岸上，伸开纸，拿起笔，抬起头来，四围红叶中，四面水声里，我要开始写信给我久违的小朋友。小朋友猜我的心情是怎样的呢？

水面闪烁着点点的银光，对岸意大利花园里亭亭层列的松树，都证明我已在万里外。小朋友，到此已逾一月了，便是在日本也未曾寄过一字，说是对不起呢，我又不愿！

我平时写作，喜在人静的时候。船上却处处是公共的地方，舱面阑边，人人可以来到。海景极好，心胸却难得清平。我只能在晨间绝早，船面无人时，随意写几个字，堆积至今，总不能整理，也不愿草草整理，便迟延到了今日。我是尊重小朋友的，想小朋友也能尊重原谅我！

许多话不知从哪里说起，而一声声打击湖岸的微波，一层层地没上杂立的潮石，直到我蔽膝的毡边来，似乎要求我将她介绍给我的小朋友。小朋友，我真不知如何地形容介绍她！她现在横在我的眼前。湖上的月明和落日，湖上的浓阴和微雨，我都见过了，真是仪态万千。小朋友，我的亲爱的人都不在这里，便只有她——海的女儿，能慰安我了。Lake Waban，谐音会意，我便唤她做“慰冰”。每日黄昏的游泛，舟轻如羽，水柔如不胜桨。岸上四围的树叶，绿的，红的，黄的，白的，一丛一丛的倒影到水中来，覆盖了半湖秋水。夕阳下极其艳冶，极其柔媚。将落的金光，到了树梢，散在湖面。我在湖上光雾中，低低地嘱咐它，带我的爱和慰安，一同和它到远东去。

小朋友！海上半月，湖上也过半月了，若问我爱哪一个更甚，这却难说。——海好像我的母亲，湖是我的朋友。我和海亲近在童年，和湖亲近是现在。海是深阔无际，不着一字，她的爱是神秘而伟大的，我对她的爱是归心低首的。湖是红叶绿枝，有许多衬托，她的爱是温和妩媚的，我对她的爱是清淡相照的。这也许太抽象，然而我没有别的话来形容了！

小朋友，两月之别，你们自己写了多少，母亲怀中的乐趣，可以说来让我听听么？——这便算是沿途书信的小序，此后仍将那写好的信，按序寄上，日月和地方，都因其旧，“弱游”的我，如何自太平洋西岸的上海绕到大西洋西岸的波士顿来，这些信中说得很清楚，请在那里看罢！

不知这几百个字，何时方达到你们那里，世界真是太大了！

冰　心

一九二三年十月十四日，慰冰湖畔，威尔斯利。

通讯十

亲爱的小朋友：

我常喜欢挨坐在母亲的旁边，挽住她的衣袖，央求她述说我幼年的事。

母亲凝想地，含笑地，低低地说：

“不过有三个月罢了，偏已是这般多病。听见端药杯的人的脚步声，已知道惊怕啼哭。许多人围在床前，乞怜的眼光，不望着别人，只向着我，似乎已经从人群里认识了你的母亲！”

这时眼泪已湿了我们两个人的眼角！

“你的弥月到了，穿着舅母送的水红绸子的衣服，戴着青缎沿边的大红帽子，抱出到厅堂前。因看你丰满红润的面庞，使我在姊妹妯娌群中，起了骄傲。

“只有七个月，我们都在海舟上，我抱你站在阑旁。海波声中，你已会呼唤‘妈妈’和‘姊姊’。”

对于这件事，父亲和母亲还不时地起争论。父亲说世上没有七个月会说话的孩子。母亲坚执说是的。在我们家庭历史中，这事至今是件疑案。

“浓睡之中猛然听得丐妇求乞的声音，以为母亲已被她们带去了。冷汗被面地惊坐起来，脸和唇都青了，呜咽不能成声。我从后屋连忙进来，珍重地揽住，经过了无数的解释和安慰。自此后，便是睡着，我也不敢轻易地离开你的床前。”

这一节，我仿佛记得，我听时写时都重新起了呜咽！

“有一次你病得重极了。地上铺着席子，我抱着你在上面膝行。正是暑月，你父亲又不在家。你断断续续说的几句话，都不是三岁的孩子所能够说的。因着你奇异的智慧，增加了我无名的恐怖。我打电报给你父亲，说我身体和灵魂上都已不能再支持。忽然一阵大风雨，深忧的我，重病的你，和你疲乏的乳母，都沉沉地睡了一大觉。这一番风雨，把你又从死神的怀抱里，接了过来。”

我不信我智慧，我又信我智慧！母亲以智慧的眼光，看万物都是智慧的，何况她的唯一挚爱的女儿？

“头发又短，又没有一刻肯安静。早晨这左右两个小辫子，总是梳不起来。没有法子，父亲就来帮忙：‘站好了，站好了，要照相了！’父亲拿着照相匣子，假作照着。又短又粗的两个小辫子，好容易天天这样地将就地编好了。”

我奇怪我竟不懂得向父亲索要我每天照的相片！

“陈妈的女儿宝姐，是你的好朋友。她来了，我就关你们两个人在屋里，我自己睡午觉。等我醒来，一切的玩具，小人小马，都当作船，漂浮在脸盆的水里，地上已是水汪汪的。”

宝姐是我一个神秘的朋友，我自始至终不记得，不认识她。然而从母亲口里，我深深地爱了她。

“已经三岁了，或者快四岁了。父亲带你到他的兵舰上去，大家匆匆地替你换上衣服。你自己不知什么时候，把一只小木鹿，放在小靴子里。到船上只要父亲抱着，自己一步也不肯走。放到地上走时，只有一跛一跛的。大家奇怪了，脱下靴子，发现了小木鹿。父亲和他的许多朋友都笑了。——傻孩子！你怎么不会说？"

母亲笑了，我也伏在她的膝上羞愧地笑了。——回想起来，她的质问，和我的羞愧，都是一点理由没有的。十几年前事，提起当面前事说，真是无谓。然而那时我们中间弥漫了痴和爱！

"你最怕我凝神，我至今不知是什么缘故。每逢我凝望窗外，或是稍微地呆了一呆，你就过来呼唤我，摇撼我，说：'妈妈，你的眼睛怎么不动了？'我有时喜欢你来抱住我，便故意地凝神不动。"

我自己也不知道是什么缘故。也许母亲凝神，多是忧愁的时候，我要搅乱她的思路，也未可知。——无论如何，这是个隐谜！

"然而你自己却也喜凝神。天天吃着饭，呆呆地望着壁上的字画，桌上的钟和花瓶，一碗饭数米粒似的，吃了好几点钟。我急了，便把一切都挪移开。"

这件事我记得，而且很清楚，因为独坐沉思的脾气至今不改。

当她说这些事的时候，我总是脸上堆着笑，眼里满了泪，听完了用她的衣袖来印我的眼角，静静地伏在她的膝上。这时宇宙已经没有了，只母亲和我，最后我也没有了，只有母亲；因为我本是她的一部分！

这是如何可惊喜的事，从母亲口中，逐渐地发现了，完成了我自己！她从最初已知道我，认识我，喜爱我，在我不知道不承认世界上有个我的时候，她已爱了我了。我从三岁上，才慢慢地在宇宙中寻找到了自己，爱了自己，认识了自己；然而我所知道的自己，不过是母亲意念中的百分之一，千万分之一。

小朋友！当你寻见了世界上有一个人，认识你，知道你，爱你，都千百倍地胜过你自己的时候，你怎能不感激，不流泪，不死心塌地地爱她，而且死心塌地地容她爱你？

有一次，幼小的我，忽然走到母亲面前，仰着脸问说："妈妈，你到底为什么爱我？"母亲放下针线，用她的面颊，抵住我的前额，温柔地，不迟疑地说："不为什么，——只因你是我的女儿！"

小朋友！我不信世界上还有人能说这句话！"不为什么"这四个字，从她口里说出来，何等刚决，何等无回旋！她爱我，不是因为我是"冰心"，或是其他人世间的一切虚伪的称呼和名字！她的爱是不附带任何条件的，唯一的理由，就是我是她的女儿。总之，她的爱，是屏除一切，拂拭一切，层层地麾开我前后左右所蒙罩的，使我成为"今我"的原素，而直接地来爱我的自身！

假使我走至幕后，将我二十年的历史和一切都更变了，再走出到她面前，世界上纵没有一个人认识我，只要我仍是她的女儿，她就仍用她坚强无尽的爱来包围我。她爱我的肉体，她爱我的灵魂，她爱我前后左右，过去，将来，现在的一切！

天上的星辰，骤雨般落在大海上，嗤嗤繁响。海波如山一般地汹涌，一切楼层都在地上旋转，天如同一张蓝纸卷了起来。树叶子满空飞舞，鸟儿归巢，走兽躲到它的洞穴。万象纷乱中，只要我能寻到她，投到她的怀里……天地一切都信她！她对于我的爱，不因着万物毁灭而更变！

她的爱不但包围我，而且普遍地包围着一切爱我的人；而且因着爱我，她也爱了天下的儿女，她更爱了天下的母亲。小朋友！告诉你一句小孩子以为是极浅显，而大人们以为是极高深的话，“世界便是这样地建造起来的！”

世界上没有两件事物，是完全相同的，同在你头上的两根丝发，也不能一般长短。然而——请小朋友们和我同声赞美！只有普天下的母亲的爱，或隐或显，或出或没，不论你用斗量，用尺量，或是用心灵的度量衡来推测；我的母亲对于我，你的母亲对于你，她的和他的母亲对于她和他；她们的爱是一般的长阔高深，分毫都不差减。小朋友！我敢说，也敢信古往今来，没有一个敢来驳我这句话。当我发觉了这神圣的秘密的时候，我竟欢喜感动得伏案痛哭！

我的心潮，沸涌到最高度，我知道于我的病体是不相宜的，而且我更知道我所写的都不出乎你们的智慧范围之外。——窗外正是下着紧一阵慢一阵的秋雨，玫瑰花的香气，也正无声地赞美她们的“自然母亲”的爱！

我现在不在母亲的身畔，——但我知道她的爱没有一刻离开我，她自己也如此说！——暂时无从再打听关于我的幼年的消息；然而我会写信给我的母亲。我说：“亲爱的母亲，请你将我所不知道的关于我的事，随时记下寄来给我。我现在正是考古家一般的，要从深知我的你口中，研究我神秘的自己。”

被上帝祝福的小朋友！你们正在母亲的怀里。——小朋友！我教给你，你看完了这一封信，放下报纸，就快快跑去找你的母亲——若是她出去了，就去坐在门槛上，静静地等她回来——不论在屋里或是院中，把她寻见了，你便上去攀住她，左右亲她的脸，你说：“母亲！若是你有工夫，请你将我小时候的事情，说给我听！”等她坐下了，你便坐在她的膝上，倚在她的胸前，你听得见她心脉和缓的跳动，你仰着脸，会有无数关于你的，你所不知道的美妙的故事，从她口里天乐一般地唱将出来！

然后，——小朋友！我愿你告诉我，她对你所说的都是什么事。

我现在正病着，没有母亲坐在旁边，小朋友一定怜念我，然而我有说不尽的感谢！造物者将我交付给我母亲的时候，竟赋予了我以记忆的心才，现在又从忙碌的课程中替我匀出七日夜来，回想母亲的爱。我病中光阴，因着这回想，寸寸都是甜蜜的。

小朋友，再谈罢，致我的爱与你们的母亲！

你的朋友　冰　心

一九二三年十二月五日晨，圣卜生疗养院，威尔斯利。

通讯十四

我的小朋友：

黄昏睡起，闲走着绕到西边回廊上，看一个病的女孩子。站在她床前说着话儿的时候，抬头看见松梢上一星朗耀，她说："这是你今晚第一颗见到的星儿，对它祝说你的愿望罢！"——同时她低低地度着一支小曲，是：

Star light

Star bright

First star I see to-night

Wish I may

Wish I might

Have the wish I wish to might

小朋友：这是一支极柔媚的儿歌。我不想翻译出来。因为童谣完全以音韵见长，一翻成中国字，念出来就不好听，大意也就是她对我说的那两句话。——倘若你们自己能念，或是姊姊哥哥，姑姑母亲，能教给你们念，也就更好。——她说到此，我略不思索，我合掌向天说："我愿万里外的母亲，不太为平安快乐的我忧虑！"

扣计今天或明天，就是我母亲接到我报告抱病入山的信之日，不知大家如何商量谈论，长吁短叹；岂知无知无愁的我，正在此过起止水浮云的生活来了呢！

去年十二月十九日，我寄给国内朋友一封信，我说："沙穰疗养病，冷冰冰如同雪洞一般。我又整天地必须在朔风里。你们围炉的人，怎知我正在冰天雪地中，与造化挣命！"如今想起，又觉得那话说得太无谓，太怨望了，未曾听见挣命有如今这般温柔的挣法！

生，老，病，死，是人生很重大而又不能避免的事。无论怎样高贵伟大的人，对此切己的事，也丝毫不能为力。这时节只能将自己当作第三者，旁立静听着造化的安排。小朋友，我凝神看着造化轻舒慧腕，来安排我的命运的时候，我忍不住失声赞叹他深思和玄妙。

往常一日几次匆匆走过慰冰湖，一边看晚霞，一边心里想着功课。偷闲划舟，抬头望一望滟滟的湖波，低头看滴答滴答消磨时间的手表，心灵中真是太苦了，然而万没有整天地放下正事来赏玩自然的道理。造物者明明在上，看出了我的隐情，眉头一皱，轻轻地赐与我一场病，这病乃是专以抛撇一切，游泛于自然海中为治疗的。

如今呢？过的是花的生活，生长于光天化日之下，微风细雨之中；过的是鸟的生活，游息于山巅水涯，寄身于上下左右空气环围的巢床里；过的是水的生活，自在地潺潺流走；过的是云的生活，随意地袅袅卷舒。几十页几百页绝妙的诗和诗话，拿起来流水般当功课读的时候，是没有的了。如今不再干那愚拙煞风景的事，如今便四行六行的小诗，也慢慢地拿起，反复吟诵，默然深思。

我爱听碎雪和微雨，我爱看明月和星辰，从前一切世俗的烦忧，占积了我的灵府。偶然一举目，偶然一倾耳，便忙忙又收回心来，没有一次任它奔放过。如今呢，我的心，我不知怎样形容它，它如蛾出茧，如鹰翔空……

碎雪和微雨在檐上，明月和星辰在阑旁，不看也得看，不听也得听，何况病中的我，应以它们为第二生命。病前的我，愿以它们为第二生命而不能的呢？

这故事的美妙，还不止此，——“一天还应在山上走几里路”，这句话从滑稽式的医士口中道出的时候，我不知应如何地欢呼赞美他！小朋友！漫游的生涯，从今开始了！

山后是森林仄径，曲曲折折地在日影掩映中引去，不知有多少远近。我只走到一端，有大岩石处为止。登在上面眺望，我看见满山高高下下的松树。每当我要缥缈深思的时候，我就走这一条路。独自低首行来，我听见干叶枯枝，嘁嘁喳喳在树颠相语。草上的薄冰，踏着沙沙有声，这时节，林影沉荫中，我凝然黯然，如有所戚。

山前是一层层的大山地，爽阔空旷，无边无限的满地朝阳。层场的尽处，就是一个大冰湖，环以小山高树，是此间小朋友们溜冰处。我最喜在湖上如飞地走过。每逢我要活泼天机的时候，我就走这一条路。我沐着微暖的阳光，在树根下坐地，举目望着无际的耀眼生花的银海。我想天地何其大，人类何其小。当归途中冰湖在我足下溜走的时候，清风过耳，我欣然超然，如有所得。

三年前的夏日在北京西山，曾写了一段小文字，我不十分记得了，大约是：

只有早晨的深谷中
可以和自然对话。
　计划定了
　　岩石点头
　　草花欢笑。
造物者！
　在我们星驰的前途

路站上

再遥遥地安置下

几个早晨的深谷！

原来，造物者为我安置下的几个早晨的深谷，却在离北京数万里外的沙穰，我何其“无心”，造物者何其“有意”？——我还忆起，有“空谷足音”，和杜甫的“绝代有佳人，幽居在空谷”的一首诗，小朋友读过么？我翻来覆去地背诵，只忆得“绝代有佳人，幽居在空谷。自云良家子，零落依草木……摘花不插发，采柏动盈掬。天寒翠袖薄，日暮倚修竹”这八句来。黄昏时又去了。那时想起的，有“前不见古人，后不见来者，念天地之悠悠，独怆然而涕下”。归途中又诵“云无心以出岫，鸟倦飞而知还。景翳翳以将入，抚孤松而盘桓”。小朋友，愿你们用心读古人书，他们常在一定的环境中，说出你心中要说的话！

春天已在云中微笑，将临到了。那时我更有温柔的消息，报告你们。我逐日远走开去，渐渐又发现了几处断桥流水。试想看，胸中无一事留滞，日日南北东西，试揭自然的帘幕，蹑足走入仙宫……

这样的病，这样的人生，小朋友，请为我感谢。我的生命中是只有祝福，没有咒诅！

安息的时候已到，卧看星辰去了。小朋友，我以无限欢喜的心，祝你们多福。

冰　心

一九二四年一月十五日夜，沙穰。

广厅上，四面绿帘低垂。几个女孩子，在一角窗前长椅上，低低笑语。一角话匣子里奏着轻婉的提琴。我在当中的方桌上，写这封信。一个女孩子坐在对面为我画像，她时时唤我抬头看她。我听一听提琴和人家的笑语，一面心潮缓缓流动，一面时时停笔凝神。写完时重读一过，觉得太无次序了，前言不对后语的。然而的确是欢乐的心泉流过的痕迹，不复整理，即付晚邮。

通讯十七

小朋友：

健康来复的路上，不幸多歧，这几十天来懒得很；雨后偶然看见几朵浓黄的蒲公英，在匀整的草坡上闪烁，不禁又忆起一件事。

一月十九晨，是雪后浓阴的天。我早起游山，忽然在积雪中，看见了七八朵大开的蒲公英。我俯身摘下握在手里，——真不知这平凡的草卉，竟与梅菊一样地耐寒。我回到楼上，用条黄丝带将这几朵缀将起来，编成王冠的形式。人家问我做什么，我说："我要为我的女王加冕。"说着就随便地给一个女孩子戴上了。

大家欢笑声中，我只无言地卧在床上——我不是为女王加冕，竟是为蒲公英加冕了。蒲公英虽是我最熟识的一种草花，但从来是被人轻忽，从来是不上美人头的。今日因着情不可却，我竟让她在美人头上，照耀了几点钟。

蒲公英是黄色，叠瓣的花，很带着菊花的神意，但我也不曾偏爱她。我对于花卉是普遍的爱怜。虽有时不免喜欢玫瑰的浓郁，和桂花的清远，而在我忧来无方的时候，玫瑰和桂花也一样地成粪土。在我心情怡悦的一刹那顷，高贵清华的菊花，也不能和我手中的蒲公英来占夺位置。

世上的一切事物，只是百千万面大大小小的镜子，重叠对照，反射又反射；于是世上有了这许多璀璨辉煌，虹影般的光彩。没有蒲公英，显不出雏菊，没有平凡，显不出超绝。而且不能因为大家都爱雏菊，世上便消灭了蒲公英；不能因为大家都敬礼超人，世上便消灭了庸碌。即使这一切都能因着世人的爱憎而生灭，只恐到了满山满谷都是菊花和超人的时候，菊花的价值，反不如蒲公英，超人的价值，反不及庸碌了。

所以世上一物有一物的长处，一人有一人的价值。我不能偏爱，也不肯偏憎。悟到万物相衬托的理，我只愿我心如水，处处相平。我愿菊花在我眼中，消失了她的富丽堂皇，蒲公英也解除了她的局促羞涩，博爱的极端，翻成淡漠。但这种普遍淡漠的心，除了博爱的小朋友，有谁知道？

书到此，高天萧然，楼上风紧得很，再谈了，我的小朋友！

冰　心

一九二四年五月九日，沙穰疗养院。

通讯十八

小朋友：

久违了，我亲爱的小朋友！记得许多日子不曾和你们通讯，这并不是我的本心。只因寄回的邮件，偶有迟滞遗失的时候。我觉得病中的我，虽能必写，而万里外的你们，不能必看。医生又劝我尽量休息，我索性就歇了下去。

自和你们通信，我的生涯中非病即忙。如今不得不趁病已去，忙未来之先，写一封长信给你们，补说从前许多的事。

愿意我从去年说起么？我知道小朋友是不厌听旧事的。但我也不能说得十分详细，只能就模糊记忆所及，说个大概，无非要接上这条断链。否则我忽然从神户飞到威尔斯利来，小朋友一定觉得太突兀了！

一九二三年八月二十日　神户

二十早晨就同许多人上岸去。远远地看见锚山上那个青草栽成的大锚，压在半山，青得非常地好看。

神户街市和中国的差不多。两旁的店铺，却比较地矮小。窗户间陈列的玩具和儿童的书，五光十色，极其夺目。许多小朋友围着看。日本小孩子的衣服，比我们的华灿，比较地引人注意。他们的圆白的小脸，乌黑的眼珠，浓厚的黑发，衬映着十分可爱。

几个山下的人家，十分幽雅，木墙竹窗，繁花露出墙头，墙外有小桥流水。——我们本想上山去看雌雄两谷，——是两处瀑布。往上走的时候，遇见奔走下山的船上的同伴，说时候已近了。我们恐怕船开，只得回到船上来。

上岸时大家纷纷到邮局买邮票寄信。神户邮局被中国学生塞满了。牵不断的离情！去国刚三日，便有这许多话要同家人朋友说么？

回来有人戏笑着说："白话有什么好处！我们同日本人言语不通，说英文有的人又不懂。写字罢，问他们'哪里最热闹？'他们瞠目莫知所答。问他们'何处最繁华？'却都恍然大悟，便指点我们以热闹的去处，你看！"我不觉笑了。

二十一日　横滨

黄昏时已近横滨。落日被白云上下遮住，竟是朱红的颜色，如同一盏日本的红纸灯笼，——这原是联想的关系。

不断的山，倚阑看着也很美。此时我曾用几个盛快镜胶片的锡筒，装了几张小纸条，封了口，投下海去，任它漂浮。纸上我写着：

> 不论是哪个渔人捡着，都祝你幸运。我以东方人的至诚，祈神祝福你东方水上的渔人！

以及“我欲乘风归去，又恐琼楼玉宇，高处不胜寒！”等等的话。

到了横滨，只算是一个过站，因为我们一直便坐电车到东京去。我们先到中国青年会，以后到一个日本饭店吃日本饭。那店名仿佛是“天香馆”，也记不清了。脱鞋进门，我最不惯，大家都笑个不住。侍女们都赤足，和她们说话又不懂，只能相视一笑。席地而坐，仰视墙壁窗户，都是木板的，光滑如拭。窗外阴沉，洁净幽雅得很。我们只吃白米饭，牛肉，干粉，小菜，很简单的。饭菜都很硬，我只吃一点就放下了。

饭后就下了很大的雨，但我们的游览，并不因此中止，却也不能从容，只汽车从雨中飞驰。如日比谷公园，靖国神社，博物馆等处，匆匆一过。只觉得游了六七个地方，都是上楼下楼，入门出门，一点印象也留不下。走马看花，雾里看花，都是看不清的，何况是雨中驰车，更不必说了。我又有点发热，冒雨更不可支，没有心力去浏览，只有两处，我记得很真切。

一是二重桥皇宫，隆然的小桥，白石的阑干，一带河流之后，立着宫墙。忙中的脑筋，忽觉清醒，我走出车来拍照，远远看见警察走来，知要干涉，便连忙按一按机，又走上车去。——可惜是雨中照的，洗不出风景来，但我还将这胶片留下。听说地震后皇宫也颓坏了，我竟得于灾前一瞥眼，可怜焦土！

还有就是馆中的中日战争纪念品和壁上的战争的图画，周视之下，我心中军人之血，如泉怒沸。小朋友，我是个弱者，从不会抑制我自己感情之波动。我是没有主义的人，更显然地不是国家主义者，我虽那时竟血沸头昏，不由自主地坐了下去。但在同伴纷纷叹恨之中，我仍没有说一句话。

我十分歉仄，因为我对你们述说这一件事。我心中虽丰富地带着军人之血，而我常是喜爱日本人，我从来不存着什么屈辱与仇视。只是为着“正义”，我对于以人类欺压人类的事，我似乎不能忍受！

我自然爱我的弟弟，我们原是同气连枝的。假如我有吃不了的一块糖饼，他和我索要时，我一定含笑地递给他。但他若逞强，不由分说地和我争夺，为着“正义”，为着要引导他走“公理”的道路，我就要奋然地，怀着满腔的热爱来抵御，并碎此饼而不惜！

请你们饶恕我，对你们说这些神经兴奋的话！让这话在你们心中旋转一周罢。说与别人我担着惊怕，说与你们，我却千放心万放心，因为你们自有最天真最圣洁的断定。

五点钟的电车，我们又回到横滨舟上。

二十三日　舟中

发烧中又冒雨，今天觉得不舒服。同船的人大半都上岸去，我自己坐着守船。甲板上独坐，无头绪地想起昨天车站上的繁杂的木屐声，和前天船上礼拜，他们唱的“上帝保佑我母亲”之曲，心绪很杂乱不宁。日光又热，下看码头上各种小小的贸易，人声嘈杂，觉得头晕。

同伴们都回来了，下午船又启行。从此渐渐地不见东方的陆地了，再到海的尽头，再见陆地时，人情风土都不同了，为之怅然。

曾在此时，匆匆地写了一封信，要寄与你们，写完匆匆地拿着走出舱来，船已徐徐离岸。“此误又是十余日了！”我黯然地将此信投在海里。

那夜梦见母亲来，摸我的前额，说：“热得很，——吃儿口药罢。”她手里端着药杯叫我喝，我看那药是黄色的水，一口气地喝完了，梦中觉得是橘汁的味儿。醒来只听得圆窗外海风如吼，翻身又睡着了。第二天热便退尽。

二十四日以后　舟中

四围是海的舟岛生活，很迷糊恍惚的，不能按日记事了，只略略说些罢。

同行二等三等舱中，有许多自俄赴美的难民，男女老幼约有一百多人。俄国人是天然的音乐家，每天夜里，在最高层上，静听着他们在底下弹着琴儿。在海波声中，那琴调更是凄清错杂，如泣如诉。同是离家去国的人呵，纵使我们不同文字，不同言语，不同思想，在这凄美的快感里，恋别的情绪，已深深地交流了！

那夜月明，又听着这琴声，我迟迟不忍下舱去。披着毡子在肩上，聊御那泱泱的海风。船儿只管乘风破浪地一直地走，走向那素不相识的他乡。琴声中的哀怨，已问着我们这般辛苦地载着万斛离愁同去同逝，为名？为利？为着何来？“问君何事轻离别，一年能几团圞月？”我自问已无话可答了！若不是人声笑语从最高层上下来，搅碎了我的情绪，恐怕那夜我要独立到天明！

同伴中有人发起聚敛食物果品，赠给那些难民的孩子。我们从中国学生及别的乘客之中，收聚了好些，送下二等舱去。他们中间小孩子很多，女伴们有时抱几个小的上来玩，极其可爱。但有一次，因此我又感到哀戚与不平。

有一个孩子，还不到两岁光景，最为娇小乖觉。他原不肯叫我抱，好容易用糖和饼，和发响的玩具，慢慢地哄了过来。他和我熟识了，放下来在地上走，他从软椅中间，慢慢走去，又回来扑到我的膝上。我们正在嬉笑，一抬头他父亲站在广厅的门边。想他不能过五十岁，而他的白发和脸上的皱纹，历历地写出了他生命的颠顿与不幸，看去似乎不止六十岁了。他注视着他的儿子，那双慈怜的眼光中，竟若含着眼泪。小朋友，从至情中流出的眼泪，是世界上最神圣的东西。晶莹的含泪的眼，是最庄严尊贵的画图！每次看见处女或儿童，悲哀或义愤的泪眼，妇人或老人，慈祥和怜悯的泪眼，两颗莹莹欲坠的泪珠之后，竟要射出凛然的神圣的光！小朋友，我最敬畏这个，见此时往往使我不敢抬头！

这一次也不是例外，我只低头扶着这小孩子走。头等舱中的女看护——是看护晕船的人们的——忽然也在门边发见了。她冷酷的目光，看着那俄国人，说："是谁让你到头等舱里来的，走，走，快下去！"

这可怜的老人踧踖了，无主仓皇的脸，勉强含笑，从我手中接过小孩子来，以屈辱抱歉的目光，看一看那看护，便抱着孩子疲缓地从扶梯下去。

是谁让他来的？任一个慈爱的父亲，都不肯将爱子交付一个陌生人，他是上来照看他的儿子的。我抱上这孩子来，却不能护庇他的父亲！我心中忽然非常地抑塞不平。只注视着那个胖大的看护，我脸上定不是一种怡悦的表情，而她却服罪地看我一笑。我四顾这厅中还有许多人，都像不在意似的。我下舱去，晚餐桌上，我终席未曾说一句话！

中国学生开了两次的游艺会，都曾向船主商量要请这些俄国人上来和我们同乐，都被船主拒绝了。可敬的中国青年，不愿以金钱为享受快乐的界限，动机是神圣的。结果虽毫不似预想，而大同的世界，原是从无数的尝试和奋斗中来的！

约克逊船中的侍者，完全是中国广东人。这次船中头等乘客十分之九是中国青年，足予他们以很大的喜悦。最可敬的是他们很关心于船上美国人对于中国学生的舆论。船抵西雅图之前一两天，他们曾用全体名义，写一篇勉励中国学生为国家争气的话，揭帖在甲板上。文字不十分通顺，而词意真挚异常，我只记得一句，是什么，“漂洋过海广东佬”，是诉说他们自己的漂流，和西人的轻视。中国青年自然也很恳挚地回了他们一封信。

海上看不见什么，看落日其实也够有趣的了，不过这很难描写。我看见飞鱼，背上两只蝗虫似的翅膀。我看见两只大鲸鱼，看不见鱼身，只远远看见它们喷水。

此外还有什么可说的呢，船上生活，只像聚什么冬令会、夏令会一般，许多同伴在一起，走来走去，总走不出船的范围。除了几个游艺会演说会之外，谈谈话，看看海，写写信，一天一天地渐渐过尽了。

横渡太平洋之间，平空多出一日，就是有两个八月二十八日。自此以后，我们所度的白日，和故国的不同了！乡梦中的乡魂，飞回故国的时候，我们的家人骨肉，正在光天化日之下，忙忙碌碌。别离的人！连魂来魂往，都不能相遇么？

九月一日之后

早晨抵维多利亚（Victoria），又看见陆地了。感想纷起！那日早晨的海上日出，美到极处。沙鸥群飞，自小岛边，绿波之上，轻轻地荡出小舟来。一夜不曾睡好，海风一吹，觉得微微怅惘。船上已来了摄影的人，逼我们在烈日下坐了许久，又是国旗，又是国歌地闹了半日。到了大陆上，就又有这许多世事！

船徐徐泛入西雅图（Seattle）。码头上许多金发的人，来回奔走，和登舟之日，真是不同了！大家匆匆地下得船来，到扶桥边，回头一望，约克逊号邮船凝默地泊在岸旁。我无端黯然！从此一百六十几个青年男女，都成了漂泊的风萍。也是一番小小的酒阑人散！

西雅图是三山两湖围绕点缀的城市。连街衢的首尾，都起伏不平，而景物极清幽。这城五十年前还是荒野，如今竟修整得美好异常，可觇国民元气之充足。

匆匆地游览了湖山，赴了几个欢迎会，三号的夜车，便向芝加哥（Chicago）进发。

这串车是专为中国学生预备的，车上没有一个外人，只听得处处乡音。

九月三日以后

最有意思的是火车经过落基山，走了一日。四面高耸的乱山，火车如同一条长蛇，在山半徐徐蜿蜒。这时车后挂着一辆敞车，供我们坐眺。看着巍然的四围青郁的崖石，使人感到自己的渺小。我总觉得看山比看水滞涩些，情绪很抑郁的。

途中无可记，一站一站风驰电掣地过去，更留不下印象。只是过米西西比（Mississippi）河桥时，微月下觉得很玲珑伟大。

七日早到芝加哥，从车站上就乘车出游。那天阴雨，只觉得满街汽油的气味。街市繁盛处多见黑人。经过几个公园和花屋，是较清雅之处，绿意迎人。我终觉得芝加哥不如西雅图。而芝加哥的空旷处，比北京还多些青草！

夜住女青年会干事舍。夜中微雨，落叶打窗，令我怃然，寄家一片，我说：

“几片落叶，报告我以芝加哥城里的秋风！今夜曾到电影场去，灯光骤明时，大家纷纷立起。我也想回家去，猛觉一身万里，家还在东流的太平洋水之外呢！”

八日晨又匆匆登车，往波士顿进发。这时才感到离群。这辆车上除了我们三个中国女学生外，都是美国人了。

仍是一站一站匆匆地过去，不过此时窗外多平原，有时看见山畔的流泉，穿过山石野树之间，其声潺潺。

九日近午，到了春野（Spring Field）时，连那两个女伴也握手下车去。小朋友，从太平洋西岸，绕到大西洋西岸的路程之末。女伴中只剩我一人了。

九月九日以后

九日午到了所谓美国文化中心的波士顿（Boston）。半个多月的旅行，才略告休息。

在威尔斯利大学（Wellesley College）开学以前，我还旅行了三天，到了绿野（Green Field）春野等处，参观了几个男女大学，如侯立欧女子大学（Holyoke College），斯密司女子大学（Smith College），依默和司德大学（Amherst College）等，假期中看不见什么，只看了几座伟大的学校建筑。

途中我赞美了美国繁密的树林，和平坦的道路。

麻撒出色省（Massachusetts）多湖，我尤喜在湖畔驰车。树影中湖光掩映，极其明媚。又有一天到了大西洋岸，看见了沙滩上游戏的孩子和海鸥，回来做了一夜的童年的梦。的确地，上海登舟，不见沙岸，神户横滨停泊，不见沙岸，西雅图终止，也不见沙岸。这次的海上，对我终是陌生的。反不如大西洋岸旁之一瞬，层层卷荡的海波，予我以最深的回忆与伤神！

九月十七日以后 威尔斯利

从此过起了异乡的学校生活。虽只过了两个多月，而慰冰湖及新的环境和我静中常起的乡愁，将我两个多月的生涯，装点得十分浪漫。

说也凑巧，我住在闭壁楼（Beebe Hall），闭壁楼和海竟有因缘！这座楼是闭壁约翰船主（Captain John Beebe）捐款所筑。因此厅中，及招待室，甬道等处，都悬挂的是海的图画。初到时久不得家书，上下楼之顷，往往呆立在平时堆积信件的桌旁，望了无风起浪的画中的海波，聊以慰安自己。

学校如同一座花园，一个个学生便是花朵。美国女生的打扮，确比中国的美丽。衣服颜色异常地鲜艳，在我这是很新颖的。她们的性情也活泼好交，不过交情更浮泛一些，这些天然是“西方的”！

功课的事，对你们说很无味。其余的以前都说过了。

小朋友，忽忽又已将周年，光阴过得何等地飞速？明知追写这些事时，要引起我的惆怅，但为着小朋友，我是十分情愿。而且不久要离此，在重受功课的束缚以前，我想到别处山陬海角，过一过漫游流转的生涯，以慰我半年闭居的闷损。趁此宁静的山中，只凭回忆，理清了欠你们的信债。叙事也许不真不详，望你们体谅我是初愈时的心思和精神，没有轻描淡写的力量。

此外曾寄《山中杂记》十则，与我的弟弟，想他们不久就转给你们。再见了，故国故乡的小朋友！再给你们写信的时候，我想已不在青山了。

愿你们平安！

冰　心

一九二四年六月二十八日，沙穰。

通讯二十

小朋友：

水畔驰车，看斜阳在水上泼散出的闪烁的金光，晚风吹来，春衫嫌薄。这种生涯，是何等的宜于病后呵！

在这里，出游稍远便可看见水。曲折行来，道滑如拭。重重的树荫之外，不时倏忽地掩映着水光。我最爱的是玷池（Spot Pond），称她为池真委屈了，她比小的湖还大呢！——有三四个小岛在水中央，上面随意地长着小树。池四围是丛林，绿意浓极，每日晚餐后我便出来游散，缓驰的车上，湖光中看遍了美人芳草！——真是“水边多丽人”。看三三两两成群携手的人儿，男孩子都去领卷袖，女孩子穿着颜色极明艳的夏衣，短发飘拂，轻柔的笑声，从水面，从晚风中传来，非常地浪漫而潇洒。到此猛忆及曾皙对孔子言志，在“暮春者”之后，“浴乎沂，风乎舞雩”之前，加上一句“春服既成”，遂有无限的飘扬态度，真是千古隽语！

此外的如玄妙湖（Mystic Lake），侦池（Spy Pond），角池（Horn Pond）等处，都是很秀丽的地方。大概湖的美处在“明媚”。水上的轻风，皱起万叠微波，湖畔再有芊芊的芳草，再有青青的树林，有平坦的道路，有曲折的白色阑干，黄昏时便是天然的临眺乘凉的所在。湖上落日，更是绝妙的画图。夜中归去，长桥上两串徐徐互相往来移动的灯星，颗颗含着凉意。若是明月中天，不必说，光景尤其宜人了！

前几天游大西洋滨岸（Revere Beach），沙滩上游人如蚁。或坐或立，或弄潮为戏，大家都是穿着泅水衣服。沿岸两三里的游艺场，乐声沨沨，人声嘈杂。小孩子们都在铁马铁车上，也有空中旋转车，也有小飞艇，五光十色的。机关一动，都纷纷奔驰，高举凌空。我看那些小朋友们都很欢喜得意的！

这里成了“人海”，如蚁的游人，盖没了浪花。我觉得无味。我们捩转车来，直到娜罕（Nahant）去。

渐渐地静了下来。还在树林子里，我已迎到了冷意侵人的海风。再三四转，大海和岩石都横到了眼前！这是海的真面目呵。浩浩万里的蔚蓝无底的洪涛，壮厉的海风，蓬蓬地吹来，带着腥咸的气味。在闻到腥咸的海味之时，我往往忆及童年拾卵石贝壳的光景，而惊叹海之伟大。在我抱肩迎着吹人欲折的海风之时，才了解海之所以为海，全在乎这不可御的凛然的冷意！

在嶙峋的大海石之间，岩隙的树荫之下，我望着卵岩（Egg Rock），也看见上面白色的灯塔。此时静极，只几处很精致的避暑别墅，悄然地立在断岩之上。悲壮的海风，穿过丛林，似乎在奏“天风海涛”之曲。支颐凝坐，想海波尽处，是群龙见首的欧洲，我和平的故乡，比这可望不可即的海天还遥远呢！

故乡没有明媚的湖光，故乡没有汪洋的大海，故乡没有葱绿的树林，故乡没有连阡的芳草。北京只是尘土飞扬的街道，泥泞的小胡同，灰色的城墙，流汗的人力车夫的奔走。我的故乡，我的北京，是一无所有！

小朋友，我不是一个乐而忘返的人，此间纵是地上的乐园，我却仍是“在客”。我寄母亲信中曾说：

> ……北京似乎是一无所有！——北京纵是一无所有，然已有了我的爱。有了我的爱，便是有了一切！灰色的城围里，住着我最宝爱的一切的人。飞扬的尘土

呵，何时容我再嗅着我故乡的香气……

易卜生曾说过："海上的人，心潮往往和海波一般地起伏动荡。"而那一瞬间静坐在岩上的我的思想，比海波尤加一倍地起伏。海上的黄昏星已出，海风似在催我归去。归途中很怅惘。只是还买了一筐新从海里拾出的蛤蜊。当我和车边赤足捧筐的孩子问价时，他仰着通红的小脸笑向着我。他岂知我正默默地为他祝福，祝福他终身享乐此海上拾贝的生涯！

谈到水，又忆起慰冰来。那天送一位日本朋友回南那铁（South Natick）去，道经威尔斯利。车驰穿校址，我先看见圣卜生疗养院，门窗掩闭地凝立在山上。想起此中三星期的小住，虽仍能微笑，我心实凄然不乐。再走已见了慰冰湖上闪烁的银光，我只向她一瞥眼。闭璧楼塔院等等也都从眼前飞过。年前的旧梦重寻，中间隔以一段病缘，小朋友当可推知我黯然的心理！

又是在行色匆匆里，一两天要到新汉寿（New Hampshire）去。似乎又是在山风松涛之中，到时方可知梗概。晚风中先草此，暑天宜习静，愿你们多写作！

冰　心

一九二四年七月二十二日，默特佛。

通讯二十三

冰季小弟：

这是清晨绝早的时候，朝日未出，朝露犹零，早餐后便又须离此而去。我以黯然的眼光望着白岭，却又不能不偷这匆匆言别的一早晨，写几个字给你。

只因昨夜在迢迢银河之侧，看见了织女星，猛忆起今天是故国的七月七夕，无数最甜柔的故事，最凄然轻婉的诗歌，以及应景的赏心乐事，都随此佳节而生。我远客他乡，把这些都睽违了，……这且不必管他！

我所要写的，是我们大家太缺少娱乐了。无精打采的娱乐，绝不能使人生润泽，事业进步。娱乐至少与工作有同等的价值，或者说娱乐是工作之一部分！

娱乐不是“消遣”。“消遣”两字的背后，隐隐地站着“无聊”。百无聊赖的时候，才有消遣；侘傺疾病的时候，才有消遣！对于国事，对于人生，灰心丧志的时候，才有消遣！试看如今一般人所谓的娱乐，是如何的昏乱，如何的无精打采？我决不以这等的娱乐为娱乐！真正的娱乐是应着真正的工作的要求而发生的，换言之，打起精神做真正的工作的人，才热烈地想望，或预备真正的娱乐！

当然地，中国人要有中国人的娱乐，我们有四千多年的故事，传说和历史。我们娱乐的时地和依据，至少比人家多出一倍。从新年说起罢，新年之后，有元宵。这千千万万的繁灯，作树下廊前的点缀，何等灿烂？舞龙灯更是小孩子最热狂最活泼的游戏。三月三日是古人修禊节，也便是我们绝好的野餐时期。流觞曲水，不但仿古人余韵，而且有趣。清明扫墓，虽不焚化纸钱，也可训练小孩子一种恭肃静默的对先人的敬礼，假如清明植树能名实相副，每人每年在祖墓旁边，种一棵小树，不到十年，我们中国也到处有了葱蔚的山林。五月五是特别为小孩子的节期，花花绿绿的香囊，五色丝，大家打扮小孩子。一年中只是这几天，觉得街头巷尾的小孩子，加倍喜欢！这天又是龙舟节，出去泛舟，或是两个学校间的竞渡，也是极好的日子。七月七，是女儿节，只这名字已有无限的温柔！凉夜风静，秋星灿然。庭中陈设着小儿瓜果，遍延女伴，轻悄谈笑，仰看双星缓缓渡桥。小孩子满握着煮熟的蚕豆，大家互赠，小手相握，谓之“结缘”。这两字又何其美妙？我每以为“缘”之意想，十分精微，“缘”之一字，十分难译，有天意，有人情，有死生流转，有地久天长。苏子瞻赠他的弟弟子由诗，有“与君世世为兄弟，更结来生未了因”。小弟弟，我今天以这两语从万里外遥赠你了！

八月十五中秋节，满月的银光之下，说着蟾蜍玉兔的故事，何其清切？九月九重阳节，古人登高的日子，我们正好有远足旅行，游览名胜。国庆日不必说，尤须庆祝一下子，只因我觉得除却政治机关及商店悬旗外，家庭中纪念这节期的，似乎没有！

往下不再细说了。翻开古书看一看，如《帝京景物志》之类，还可找出许多有意思可纪念的娱乐的日子来。我觉得中国的节期，都比人家的清雅，每一节期都附以温柔、高洁的故事，惊才绝艳的诗歌，甚至于集会时的食品用器，如五月五的龙舟、粽子，七月七的蚕豆，八月十五的月饼，以及各节期的说不尽的等等一切……我们是一点不必创造。招集小孩子，故事现成，食品现成，玩具现成，要编制歌曲，供小孩的戏唱，也有数不尽的古诗，古文，古词为蓝本。古人供给我们这许多美好的材料，叫我们有最高尚的娱乐，如我们仍不知领略享受，真是太对不起了！

破除迷信，是件极好的事。最可惜的是迷信破除了以后，这些美好的节期，也随着被大家冷淡了下去。我当然不是提倡迷信，偶像崇拜和小孩子扮演神仙故事，截然地是两件事！

不能多写了。朝日已出，厨娘已忙着预备早餐。在今晚日落之前，我便可在一个小海岛之上，你可猜想我是如何的喜欢！我看《诗经》，最爱的是："蒹葭苍苍，白露为霜，所谓伊人，在水一方……溯游从之，宛在水中央。"我最喜在"水中央"三字，觉得有说不出的漂荡与萦回！——自我开始旅行，除了日记及纸笔之外，半本书也没有带，引用各诗，也许错误，请你找找看。

预算在海上住到月圆时节。“海上生明月”的光景，我已预备下全副心情，供它动荡，那时如写得出，再写些信寄你。

你的姊姊

一九二四年八月七日，白岭。

通讯二十七

小读者：

无端应了惠登大学（Wheaton College）之招，前天下午到梦野（Mansfield）去。

到了车站，看了车表，才知从波士顿到梦野是要经过沙穰的，我忽然起了无名的怅惘！

我离院后回到沙穰去看病友已有两次。每次都是很惘然，心中很怯，静默中强作微笑。看见道旁的落叶与枯枝，似乎一枝一叶都予我以“转战”的回忆！这次不直到沙穰去，态度似乎较客观些，而感喟仍是不免！我记得以前从医院的廊上，遥遥地能看见从林隙中穿过的白烟一线的火车。我记住地点，凝神远望，果然看见雪白的楼瓦，斜阳中映衬得如同琼宫玉宇一般……

清晨七时从梦野回来，车上又瞥见了！早春的天气，朝阳正暖，候鸟初来。我记得前年此日，山路上我的飘扬的春衣！那时是怎样的止水停云般的心情呵！

小朋友！一病算得什么？便值得这样地惊心？我常常这般地问着自己。然而我的多年不见的朋友，都说我改了。虽说不出不同处在哪里，而病前病后却是迥若两人。假如这是真的呢？是幸还是不幸，似乎还值得低徊罢！

昨天回来后，休息之余，心中只怅怅的，念不下书去。夜中灯下翻出病中和你们通讯来看。小朋友，我以一身兼作了得胜者与失败者，两重悲哀之中，我觉得我禁不住有许多欲说的话！

看见过力士搏狮么？当他屏息负隅，张空拳于狰狞的爪牙之下的时候，他虽有震恐，虽有狂傲，但他决不暇有萧瑟与悲哀。等到一阵神力用过，倏忽中掷此百兽之王于死的铁门之内以后，他神志昏瞶地抱头颓坐。在春雷般的欢呼声中，他无力地抬起眼来，看见了在他身旁鬣毛森张，似余残喘的巨物。我信他必忽然起了一阵难禁的战栗，他的全身没在微弱与寂寞的海里！

一败涂地的拿破仑，重过滑铁卢，不必说他有无限的忿激，太息与激昂！然而他的激感，是狂涌而不是深微，是一个人都可抵挡得住。而建了不世之功，退老闲居的惠灵吞，日暮出游，驱车到此战争旧地，他也有一番激感！他仿佛中起了苍茫的怅惘，无主的伤神。斜阳下独立，这白发盈头的老将，在百番转战之后，竟受不住这闲却健儿身手的无边萧瑟！悲哀，得胜者的悲哀呵！

小朋友，与病魔奋战期中的我，是怎样的勇敢与喜乐！我作小孩子，我作Eskimo，我“足踏枯枝，静听着树叶微语”，我“试揭自然的帘幕，蹑足走入仙宫”。如今呢，往事都成陈迹！我“终日矜持”，我“低头学绣”，我“如同缓流的水，半年来无有声响”。是的呵，“一回到健康道上，世事已接踵而来！”虽然我曾应许“我至爱的母亲”说：“我既绝对地认识了生命，我便愿低首去领略。我便愿遍尝了人生中之各趣；人生中之各趣，我便愿遍尝！——我甘心乐意以别的泪与病的血为贽，推开了生命的宫门。”我又应许小朋友说：“领略人生，要如滚针毡，用血肉之躯去遍挨遍尝，要它针针见血！……来日方长，我所能告诉小朋友的，将来或不止此。”而针针见血的生命中之各趣，是须用一片一片天真的童心去换来的。互相叠积传递之间，我还不知要预备下多少怯弱与惊惶的代价！我改了，为了小朋友与我至爱的母亲，我十分情愿屈服于生命的权威之下。然而我愿小朋友倾耳听一听这弱者，失败者的悲哀！

在我热情忠实的小朋友面前，略消了我胸中块垒之后，我愿报告小朋友一个大家欢喜的消息。这时我的母亲正在东半球数着月亮呢！再经过四次月圆，我又可在母亲怀里，便是小朋友也不必耐心地读我一月前，明日黄花的手书了！我是如何的喜欢呵！

小朋友，我觉得对不起！我又以悱恻的思想，贡献给你们。然而我的“诗的女神”只是一个

满蕴着温柔
微带着忧愁

的，就让她这样地抒写也好。

敬祝你们的喜乐与健康！

冰　心

一九二六年三月十二日，娜安辟迦楼。

（原载《晨报·儿童世界》）

山中杂记

——遥寄小朋友

大夫说是养病，我自己说是休息。只觉得在拘管而又浪漫的禁令下，过了半年多。这半年中有许多在童心中可惊可笑的事，不足为大人道。只盼他们看到这几篇的时候，唇角下垂，鄙夷地一笑，随手地扔下。而有两三个孩子，拾起这一张纸，渐渐地感起兴味，看完又彼此嬉笑，讲说，传递；我就已经有说不出的喜欢！本来我这两天有无限的无聊。天下许多事都没有道理。比如今天早起那样的烈日，我出去散步的时候，热得头昏，此时近午，却又阴云密布，大风狂起。廊上独坐，除了胡写，还有什么事可作呢？

六，二十三，一九二四，沙穰。

一　我怯弱的心灵

我小的时候，也和别的孩子一样，非常地胆小。大人们又爱逗我，我的小舅舅说什么《聊斋》，什么《夜谭随录》，都是些僵尸，白面的女鬼等等。在他还说着的时候，我就不自然地惴惴地四顾，塞坐在大人中间，故意地咳嗽。睡觉的时候，看着帐门外，似乎出其不意地也许伸进一只鬼手来。我只这样想着，便用被将自己的头蒙得严严的，结果是睡得周身是汗!

十三四岁以后，什么都不怕了。在山上独自中夜走过丛冢，风吹草动，我只回头凝视。满立着狰狞的神像的大殿，也敢在阴暗中小立。母亲屡屡说我胆大，因为她像我这般年纪的时候，还是怯弱得很。

我白日里的心，总是很宁静，很坚强，不怕那些看不见的鬼怪。只是近来常常在梦中，或是在将醒未醒之顷，一阵悚然，从前所怕的牛头马面，都积压了来，都聚围了来。我呼唤不出，只觉得怕得很，手足都麻木，灵魂似乎蜷曲着。挣扎到醒来，只见满山的青松，一天的明月。洒然自笑，——这样怯弱的梦，十年来已绝不做了。做这梦时，又有些悲哀！童年的事都是有趣的，怯弱的心情，有时也极其可爱。

二 埋存与发掘

山中的生活，是没有人理的。只要不误了三餐和试验体温的时间，你爱做什么就做什么，医生和看护都不来拘管你。正是童心乘时再现的时候，从前的爱好，都拿来重温一遍。

美国不是我的国，沙穰不是我的家。偶以病因缘，在这里游戏半年，离此后也许此生不再来。不留些纪念，觉得有点过意不去。于是我几乎每日做埋存与发掘的事。

我小的时候，最爱做这些事：墨鱼脊骨雕成的小船，五色纸粘成的小人等等，无论什么东西，玩够了就埋起来。树叶上写上字，掩在土里。石头上刻上字，投在水里。想起来时就去发掘看看，想不起来，也就让它悄悄地永久埋在那里。

病中不必装大人，自然不妨重做小孩子！游山多半是独行，于是随时随地留下许多纪念。名片，西湖风景画，用过的纱巾等等，几乎满山中星罗棋布，经过芍药花下，流泉边，山亭里，都使我微笑，这其中都有我的手泽！兴之所至，又往往去掘开看看。

有时也遇见人，我便扎煞着泥污的手，不好意思地站了起来。本来这些事很难解说。人家问时，说又不好，不说又不好，迫不得已只有一笑。因此女伴们更喜欢追问，我只有躲着她们。

那一次一位旧朋友来，她笑说我近来更孩子气，更爱脸红了。童心的再现，有时使我不好意思是真的；半年的休养，自然血气旺盛，脸红那有什么爱不爱的可言呢?

三　古国的音乐

去冬多有风雪。风雪的时候，便都坐在广厅里。大家随便谈笑，开话匣子，弹琴，编绒织物等等，只是消磨时间。

荣是希腊的女孩子，年纪比我小一点。我们常在一处玩。她以古国国民自居，拉我作伴，常常和美国的女孩子戏笑口角。

我不会弹琴，她不会唱。但闷来无事，也就走到琴边胡闹，翻来覆去地只是那几个简单的熟调子。于是大家都笑道："趁早停了罢，这是什么音乐?"她傲然地叉手站在琴旁说："你们懂得什么：这是东西两古国，合奏的古乐，你们哪里配领略!"琴声仍旧不断，歌声愈高，别人的对话，都不相闻。于是大家急了，将她的口掩住，推到屋角去，从后面连椅子连我，一齐拉开。屋里已笑成一团!

最妙的是连"印第阿那的月"等等美国调子，一经我们用过，以后无论何时，一听得琴歌声起，大家都互相点头笑说:“听古国的音乐呵!”

四　雨雪时候的星辰

寒暑表降到冰点下十八度的时候,我们也是在廊下睡觉。每夜最熟识的就是天上的星辰了。也不过只是点点闪烁的光明,而相看惯了,偶然不见,也有些想望与无聊。

连夜雨雪,一点星光都看不见。荷和我拥衾对坐,在廊子的两角,遥遥谈话。

荷指着说:“你看维纳司(Venus)升起了!”我抬头望时,却是山路转折处的路灯。我怡然一笑,也指着对山的一星灯火说:“那边是周彼得(Jupiter)呢!”

愈指愈多。松林中射来零乱的风灯,都成了满天星宿。真的,雪花隙里,看不出天空和山林的界限,将繁灯当作繁星,简直是抵得过。

一念至诚地将假作真,灯光似乎都从地上飘起。这幻成的星光,都不移动,不必半夜梦醒时,再去追寻他们的位置。

于是雨雪寂寞之夜,也有了慰安了!

五　她得了刑罚了

休息的时间,是万事不许作的。每天午后的这两点钟,乏倦时觉得需要，睡不着的时候，觉得白天强卧在床上，真是无聊。

我常常偷着带书在床上看。等到护士来巡视的时候，就赶紧将书压在枕头底下，闭目装睡。——我无论如何淘气，也不敢大犯规矩，只到看书为止。而璧这个女孩子，却往往悄悄地起来，抱膝坐在床上，逗引着别人谈笑。

这一天她又坐起来，看看无人，便指手画脚地学起医生来。大家正卧着看着她笑，护士已远远地来了。她的床正对着甬道，卧下已来不及，只得仍旧皱眉地坐着。

护士走到廊上。我们都默然，不敢言语；她问璧说："你怎么不躺下？"璧笑说："我胃不好，不住地打呃，躺下就难受。"护士道："你今天饭吃得怎样？"璧惴惴地忍笑地说："还好！"护士沉吟了一会便走出去。璧回首看着我们，抱头笑说："你们等着，这一下子我完了！"

果然看见护士端着一杯药进来，杯中泡泡作声。璧只得接过，皱眉四顾。我们都用毡子蒙着脸，暗暗地笑得喘不过气来。

护士看着她一口气喝完了，才又慢慢地出去。璧颓然地两手捧着胸口卧了下去，似哭似笑地说："天呵！好酸！"

她以后不再胡说了，无病吃药是怎样难堪的事。大家谈起，都快意，拍手笑说："她得了刑罚了！"

六　Eskimo

沙穰的小朋友替我上的Eskimo的徽号，是我所喜爱的，觉得比以前的别种称呼都有趣！

Eskimo是北美森林中的蛮族，黑发披裘，以雪为屋，过的是冰天雪地的渔猎生涯。我哪能像他们那样地勇敢？

只因去冬风雪无阻地在林中游戏行走，林下冰湖，正是沙穰村中小朋友的溜冰处，我经过，虽然我们屡次相逢，却没有说话。我只觉得他们往往地停了游走，注视着我，互相耳语。

以后医生的甥女告诉我，沙穰的孩子传说林中来了一个Eskimo。问他们是怎样说法，他们以黑发披裘为证。医生告诉他们说不是Eskimo，是院中一个养病的人，他们才不再惊说了。

假如我是真的Eskimo呢，我的思想至少要简单了好些，这是第一件可羡的事。曾看过一本书上说："近代人五分钟的思想，够原始人或野蛮人想一年的。"人类在生理上，五十万年来没有进步。而劳心劳力的事，一年一年地增加。这是疾病的源泉，人生的不幸！

我愿终身在森林之中，我足踏枯枝，我静听树叶微语。清风从林外吹来，带着松枝的香气。白茫茫的雪中，除我外没有行人。我所见所闻，不出青松白雪之外，我就似可满意了！

出院之期不远，女伴戏对我说："出去到了车水马龙的波士顿街上，千万不要惊倒。这半年的闭居，足可使你成个痴子！"

不必说，我已自惊悚。一回到健康道上，世事已接踵而来——我倒愿做Eskimo呢。黑发披裘，只是外面的事！

七　说几句爱海的孩气的话

白发的老医生对我说："可喜你已大好了。城市与你不宜，今夏海滨之行，也是取消了为妙。"

这句话如同平地起了一个焦雷！

学问未必都在书本上。纽约，康桥，芝加哥这些人烟稠密的地方，终身不去也没有什么。只是说不许我到海边去，这却太使我伤心了。

我抬头张目地说："不，你没有阻止我到海边去的意思！"

他笑说："是的，我不愿意你到海边去，太潮湿了，于你新愈的身体没有好处。"

我们争执了半点钟，至终他说："那么你去一个礼拜罢！"他又笑说："其实秋后的湖上，也够你玩的了！"

我爱慰冰，无非也是海的关系。若完全地叫湖光代替了海色，我似乎不大甘心。

可怜，沙穰的六个多月，除了小小的流泉外，连慰冰都看不见！山也是可爱的，但和海比，的确比不起，我有我的理由！

人常常说“海阔天空”。只有在海上的时候，才觉得天空阔远到了尽量处。在山上的时候，走到岩壁中间，有时只见一线天光。即或是到了山顶，而因着天末是山，天与地的界线便起伏不平，不如水平线的齐整。

海是蓝色灰色的。山是黄色绿色的。拿颜色来比，山也比海不过。蓝色灰色含着庄严淡远的意味，黄色绿色却未免浅显小方一些。固然我们常以黄色为至尊，皇帝的龙袍是黄色的，但皇帝称为“天子”，天比皇帝还尊贵，而天却是蓝色的。

海是动的，山是静的。海是活泼的，山是呆板的。昼长人静的时候，天气又热，凝神望着青山，一片黑郁郁的连绵不动，如同病牛一般。而海呢，你看她没有一刻静止！从天边微波粼粼地直卷到岸边，触着崖石，更欣然地溅跃了起来，开了灿然万朵的银花！

四围是大海，与四围是乱山，两者相较，是如何滋味，看古诗便可知道。比如说海上山上看月出，古诗说：“南山塞天地，日月石上生。”细细咀嚼，这两句形容乱山，形容得极好，而光景何等臃肿，崎岖，僵冷？读了不使人生快感。而“海上生明月，天涯共此时”也是月出，光景却何等妩媚，遥远，璀璨！

原也是的，海上没有红、白、紫、黄的野花，没有蓝雀，红襟等等美丽的小鸟。然而野花到秋冬之间，便都萎谢，反予人以凋落的凄凉。海上的朝霞晚霞，天上水里反映到不止红白紫黄这几个颜色。这一片花，却是四时不断的。说到飞鸟，蓝雀，红襟自然也可爱。而海上的沙鸥，白胸翠羽，轻盈地飘浮在浪花之上，“凌波微步，罗袜生尘”。看见蓝雀，红襟，只使我联忆到“山禽自唤名”。而见海鸥，却使我联忆到千古颂赞美人，颂赞到绝顶的句子，是“婉若游龙，翩若惊鸿”！

在海上又使人有透视的能力，这句话天然是真的！你倚栏俯视，你不由自主地要想起这万顷碧琉璃之下，有什么明珠，什么珊瑚，什么龙女，什么鲛纱。在山上呢，很少使人想到山石黄泉以下，有什么金银铜铁。因为海水透明，天然地有引人们思想往深里去的趋向。

简直越说越没有完了，总而言之，统而言之，我以为海比山强得多，说句极端的话，假如我犯了天条，赐我自杀，我也愿投海，不愿坠崖！

争论真有意思！我对于山和海的品评，小朋友们愈和我辩驳愈好。“人心之不同，各如其面”，这样世界上才有个不同和变换。假如世界上的人都是一样的脸，我必不愿见人。假如天下人都是一样的嗜好，穿衣服的颜色式样都是一般的，则世界成了一个大学校，男女老幼都穿一样的制服，想至此不但好笑，而且无味！再一说，如大家都爱海呢，大家都搬到海上去，我又不得清静了！

八　他们说我幸运

山做了围墙，草场成了庭院，这一带山林是我游戏的地方。早晨朝露还颗颗闪烁的时候，我就出去奔走，鞋袜往往都被露水淋湿了。黄昏睡起，短裙卷袖，微风吹衣，晚霞中我又游云似的在山路上徘徊。

固然地，如词中所说："落日解鞍芳草岸，花无人戴，酒无人劝，醉也无人管！"不是什么好滋味。而"无人管"的情景，有时却真难得。你要以山中踯躅的态度，移在别处，可就不行。在学校中，在城市里，是不容你有行云流水的神意的。只因管你的人太多了！

我们楼后的儿童院，那天早晨我去参观了。正值院里的小朋友们在上课，有的在默写生字，有的在做算学。大家都有点事牵住精神，而忙中偷闲，还暗地传递小纸条，偷说偷玩，小手小脚，没有安静的时候。这些孩子我都认得，只因他们在上课，我只在后面悄悄地坐着，不敢和他们谈话。

不见黑板六个月了，这倒不觉得怎样。只是看见教员桌上那个又大又圆的地球仪，满屋里矮小的桌子椅子，字迹很大的卷角的书，倏时将我唤回到十五年前去。而黑板上写着的

$$\begin{array}{cccc} \ \ 35 & \ \ 21 & \ \ 18 & \ \ 64 \\ \underline{-15} & \underline{+10} & \underline{-\ \ 9} & \underline{\times 69} \end{array}$$

算式，以及站在黑板前扶头思索，将粉笔在手掌上乱画的小朋友，我看着更觉得有一种说不出的怅惘。窗外日影徐移，虽不是我在上课，而我呆呆地看着壁上的大钟，竟有急盼放学的意思。

放学了，我正和教员谈话，小朋友们围拢来将我拉开了。保罗笑问我说：“你们那楼里也有功课么？”我说：“没有，我们天天只是玩！”彼得笑叹道：“你真是幸运！”

他们也是休养着，却每天仍有四点钟的功课。我出游的工夫，只在一定的时间里，才能见着他们。

唤起我十五年前的事，惭愧！“三七二十一，四七二十八”地背乘数表等等，我已算熬过去，打过这一关来了！而回想半年前，厚而大的笔记本，满屋满架的参考书，教授们流水般的口讲，……如今病好了，这生活还必须去过，又是怃然。

这生活还必须去过。不但人管，我也自管。“哀莫大于

心死”，被人管的时候，传递小纸条偷说偷玩等事，还有工夫做，而自管的时候，这种动机竟绝然没有。十几年的训练，使人绝对地被书本征服了！

小朋友，“幸运”这两字又岂易言？

九　机器与人类幸福

小朋友一定知道机器的用处和好处，就是省人力，能在很短的时间内做很重大的工作。

在山中闲居，没有看见别的机器的机会。而山右附近的农园中的机器，已足使我赞叹。

他们用机器耕地，用机器撒种，以至于刈割等等，都是机器一手经理。那天我特地走到山前去，望见农人坐在汽机上，开足机力，在田地上突突爬走。很坚实的地上，汽机过处，都水浪似的，分开两边，不到半点钟工夫，很宽阔的一片地，都已耕松了。

农人从衣袋里掏出表来一看，便缓缓地捩转汽机，回到园里去。我也自转身。不知为何，竟然微笑。农人运用大机器，而小机器的表，又指挥了农人。我觉得很滑稽！

我小的时候，家园墙外，一望都是麦地。耕种收割的事，是最熟见不过的了。农夫农妇，汗流浃背地蹲在田里，一锄一锄地掘，一镰刀一镰刀地割。我在旁边看着，往往替他们吃力，又觉得迟缓得可怜！

两下里比起来，我确信机器是增进人类幸福的工具。但昨天我对于此事又有点怀疑。

昨天一下午，楼上楼下几十个病人都没有睡好！休息的时间内，山前耕地的汽机，轧轧地声满天地。酷暑的檐下，蒸炉一般热的床上，听着这单调而枯燥，震耳欲聋的铁器声，连续不断，脑筋完全跟着他颠簸了。焦躁加上震动，真使人有疯狂的倾向！

楼上下一片喃喃怨望声，却无法使这机器止住，结果我自己头痛欲裂。楼下那几个日夜发烧到一百零三，一百零四度的女孩子，我真替她们可怜，更不知她们烦恼到什么地步！农人所节省的一天半天的工夫，和这几十个病人，这半日精神上所受的痛苦和损失，比较起来，相差远了！机器又似乎未必能增益人类的幸福。

想起幼年，我的书斋，只和麦地隔一道墙。假如那时的农人也用机器，简直我的书不用念了！

这声音直到黄昏才止息。我因头痛，要出去走走，顺便也去看看那害我半日不得休息的汽机。——走到田边，看见三四个农人正站着踌躇，手臂都叉在腰上，摇头叹息，原来机器坏了！这座东西笨重得很，十个人也休想搬得动。只得明天再开一座汽机来拉他。

我一笑就回来了。

十　鸟兽不可与同群

女伴都笑茀玲是个傻子。而她并没有傻子的头脑，她的话有的我很喜欢。她说：“和人谈话真拘束，不如同小鸟小猫去谈。它们不扰乱你，而且温柔地静默地听你说。”

我常常看见她坐在樱花下，对着小鸟，自说自笑。有时坐在廊上，抚着小猫，半天不动。这种行径，我并不觉得讨厌。也许就是因此，女伴才赠她以傻子的徽号，也未可知。

和人谈话未必真拘束，但如同生人，大人先生等等，正襟危坐地谈起来，却真不能说是乐事。十年来正襟危坐谈话的时候，一天比一天地多。我虽也做惯了，但偶有机会，我仍想释放我自己；这半年我就也常常做傻子了！

第一乐事，就是拔草喂马。看着这庞然大物，温驯地磨动它的松软的大口，和齐整的大牙，在你手中吃嚼青草的时候，你觉得它有说不尽的妩媚。

每日山后牛棚，拉着满车的牛乳罐的那匹斑白大马，我每日喂它。乳车停住了，驾车人往厨房里搬运牛乳，我便慢慢地过去。在我跪伏在樱花底下，拔那十样锦的叶子的时候，它便侧转那狭长而良善的脸来看我，表示它的欢迎与等待。我们渐渐熟识了。远远地看见我，它便抬起头来。我相信我离开之后，它虽不会说话，它必每日地怀念我。

还有就是小狗了。那只棕色的，在和我生分的时候，曾经吓过我。那一天雪中游山，出其不意在山顶遇见它。它追着我狂吠不止，我吓得走不动。它看我吓怔了，才住了吠，得了胜利似的，垂尾下山而去。我看它走了，一口气跑了回来。三夜没有睡好，心脉每分钟跳到一百十五下。

女伴告诉我，它是最可爱的狗，从来不咬人的。以后再遇见它，我先呼唤它的名字，它竟摇尾走了过来。自后每次我游山，它总是前前后后地跟着走。山林中雪深的时候，光景很冷静。它总算助了我不少的胆子。

此外还有一只小黑狗，尤其跳荡可爱。一只小白狗，也很驯良。

我从来不十分爱猫。因为小猫很带狡猾的样子，又喜欢抓人。医院中有一只小黑猫；在我进院的第二天早起刚开了门，它已从门隙钻进来，一跃到我床上，悄悄地便伏在我的怀前，眼睛慢慢地闭上，很安稳地便要睡着。我最怕小猫睡时呼吸的声音！我想推它，又怕它抓我。那几天我心里又难过，因此愈加焦躁。幸而护士不久便进来！我皱眉叫她抱出这小猫去。

以后我渐渐地也爱它了。它并不抓人。当它仰卧在草地上，用前面两只小爪，拨弄着玫瑰花叶，自惊自跳的时候，我觉得它充满了活泼和欢悦。

小鸟是怎样的玲珑娇小呵！在北京城里，我只看见老鸦和麻雀。有时也看见啄木鸟。在此却是雪未化尽，鸟儿已成群地来了。最先的便是青鸟。西方人以青鸟为快乐的象征，我看最恰当不过。因为青鸟的鸣声中，婉转地报着春的消息。

知更雀的红胸，在雪地上，草地上站着，都极其鲜明。小蜂雀更小到无可苗条。从花梢飞过的时候，竟要比花还小。我在山亭中有时抬头瞥见，只屏息静立，连眼珠都不敢动。我似乎恐怕将这弱不禁风的小仙子惊走了。

此外还有许多毛羽鲜丽的小鸟，我因找不出它们的中国名字，只得阙疑。早起朝日未出，已满山满谷地起了轻美的歌声。在朦胧的晓风之中，欹枕倾听，使人心魂俱静。春是鸟的世界，“以鸟鸣春”和“春眠不觉晓，处处闻啼鸟”这两句话，我如今彻底地领略过了！

我们幕天席地的生涯之中，和小鸟最相亲爱。玫瑰和丁香丛中更有青鸟和知更雀的巢。那巢都是筑得极低，一伸手便可触到。我常常去探望小鸟的家庭，而我却从不做偷卵捉雏等等，破坏它们家庭幸福的事。我想到我自己不过是暂时离家，我的母亲和父亲已这样地牵挂。假如我被人捉去，关在笼里，永远不得回来呢，我的父亲母亲岂不心碎？我爱自己，也爱雏鸟；我爱我的双亲，我也爱雏鸟的双亲！

而且是怎样有趣的事，你看小鸟破壳出来，很黄的小口，毛羽也很稀疏，觉得很丑。它们又极其贪吃，终日张口在巢里啾啾地叫，累得它母亲飞去飞回地忙碌。渐渐地长大了，它母亲领它们飞到地上。它们的毛羽很蓬松，两只小腿蹒跚地走，看去比它们的母亲还肥大。它们很傻的样子，茫然地跟着母亲乱跳。母亲偶然啄得了一条小虫，它们便纷然地过去，啾啾地争着吃。早起母亲教给它们歌唱，母亲的声音极婉转，它们的声音，却很憨涩。这几天来，它们已完全地会飞了，会唱了，也知道自己觅食，不再累它们的母亲了。前天我去探望它们时，这些雏鸟已不在巢里，它们已筑起新的巢了，在离它们的父母的巢不远的枝上，它们常常来看它们的父母的。

还有虫儿也是可爱的。藕合色的小蝴蝶，背着圆壳的小蜗牛，嗡嗡的蜜蜂，甚至于水里每夜乱唱的青蛙，在花丛中闪烁的萤虫，都是极温柔，极其孩气的。你若爱它，它也爱你们。因为它们都喜爱小孩子。大人们太忙，没有工夫和它们玩。

（原载《晨报副镌》1924 年 8 月 8 日—10 日）

再寄小读者（节选）

通讯二

小朋友：

今天让我们来谈“友谊”。

友谊是人我关系中最可宝贵的一段因缘——朋友虽列于五伦之末，而朋友的范围却包括得最广，你的君，臣（现在可以说是领袖，上司），父，子，兄，弟，夫，妇，同时都可以是你的朋友。

朋友是不分国籍，不限年龄，不拘性别的；只要理想相同，兴趣相近，情感相洽，意气相投的人，都可以很坚固地联结在一起。世界上有多少崇高理想的实现，艰巨事业的创立，伟大艺术的产生，都是一班志同道合的朋友，共同努力，相互切磋的结果。这种例子，在中外古今的历史上，是到处可以找到的。

同时，不但相似相同的人格，容易成为朋友，而朋友往往还是你空虚的填满，缺憾的补足，心灵的加深——你自己率直豪爽，你更佩服你朋友的谦退深沉；你自己热情好动，你更欣赏你朋友的冲淡静默；你自己多愁善病，你更羡慕你朋友的健硕欢欣。各种不同的人格，如同琴瑟上不同的弦子，和谐合奏，就能发出天乐般悦耳的共鸣。

交友是一种艺术。

热情，活泼，而富于同情心的人，常常能吸引许多朋友，而磁石只吸引着钢铁，月亮只吸引着海潮。

你能择友，则你的朋友将加倍地宝贵你的友情。

不要只想你能从朋友那里得到什么，也要想你的朋友能从你这里得到什么。

肯耕种的才有收获，能贡献的才配接受。

友谊是宁神药，是兴奋剂。

使你堕落，消沉的，不是你的好朋友。同时也要警惕，你是否在使你的朋友奋兴，向上？

友谊是大海中的灯塔，沙漠里的绿洲。

当你的心帆飘流于“理”“欲”的三叉江口，波涛汹涌，礁石嶙峋，你要寻望你朋友的一点隐射的灵光，来照临，来指引。当你颠顿在人生枯燥炎热的旅途上，你的辛劳，你的担负，得不到一些酬报和支持的时候，你要奔憩在你朋友的亭亭绿荫之下，就饮于荡涤烦秽的甘泉。

古人有句说：“最难风雨故人来”，——不但气候上有风雨，心灵上也有风雨！

你的心灵曾否走失于空山荒野之中，风吹雨打，四顾茫茫，忽然有你的朋友，开启了“同情”的柴扉，延请你进入他“爱”的茅庐，卸去你劳苦的蓑衣，拭去你脸上的泪雨，而把你推坐在“友情”的温暖炉火之前。

同时你也要常常开着同情的心门，生起友爱的炉火，在屋前瞭望。

友谊中只有快乐，只有慰安，只有奋兴，只有连结。

友谊中虽然也有痛苦，古人的诗文中，不少伤逝惜别之句，然而友谊是不死的，友谊是不因离别而断隔的。“海内存知己，天涯若比邻”，“得一知己，可以无恨”，这痛苦里是没有“寂寞”的，因为我们已经享有了那些朋友的友情！“寂寞”——心灵上的孤独，才是世界上最可怕的东西！

小朋友，在人生路上，我们虽然是孤身启程，而沿途却逐渐加入了许多同行的好伴，形成了一个整齐的队伍，并肩携手，载欣载奔，使我们克服了世路的险峻崎岖，忘却了长行的疲乏劳顿，我们要如何感谢人世间有这一种关系，这一段因缘？

愿你们永远是我的好朋友，假如我配，就请你们也让我做你们的好朋友。

冰　心

一九四二年十二月二十二日，重庆。

（原载重庆《大公报》1943年1月4日）

通讯四

亲爱的小朋友：

一位从军的小朋友，要我谈生命，这问题很费我思索。

我不敢说生命是什么，我只能说生命像什么。

生命像向东流的一江春水，它从最高处发源，冰雪是它的前身。它聚集起许多细流，合成一股有力的洪涛，向下奔注，它曲折地穿过了悬岩削壁，冲倒了层沙积土，挟卷着滚滚的沙石，快乐勇敢地流走，一路上它享乐着它所遭遇的一切——

有时候它遇到巉岩前阻，它愤激地奔腾了起来，怒吼着，回旋着，前波后浪地起伏催逼，直到它涌过了，冲倒了这危崖，它才心平气和地一泻千里。

有时候它经过了细细的平沙，斜阳芳草里，看见了夹岸红艳的桃花，它快乐而又羞怯，静静地流着，低低地吟唱着，轻轻地度过这一段浪漫的行程。

有时候它遇到暴风雨，这激电，这迅雷，使它心魂惊骇，疾风吹卷起它，大雨击打着它，它暂时浑浊了，扰乱了，而雨过天晴，只加给它许多新生的力量。

有时候它遇到了晚霞和新月，向它照耀，向它投影，清冷中带些幽幽的温暖：这时它只想憩息，只想睡眠，而那股前进的力量，仍催逼着它向前走……

终于有一天，它远远地望见了大海，呵！它已到了行程的终结，这大海，使它屏息，使它低头。她多么辽阔，多么伟大！多么光明，又多么黑暗！大海庄严地伸出臂儿来接引它。它一声不响地流入她的怀里。它消融了，归化了，说不上快乐，也没有悲哀！

也许有一天，它再从海上蓬蓬的雨点中升起，飞向西来，再形成一道江流，再冲倒两旁的石壁，再来寻夹岸的桃花。

然而我不敢说来生，也不敢信来生！

生命又像一棵小树，它从地底里聚集起许多生力，在冰雪下欠伸，在早春润湿的泥土中，勇敢快乐地破壳出来。它也许长在平原上，岩石中，城墙里，只要它抬头看见了天，呵，看见了天！它便伸出嫩叶来吸收空气，承受日光，在雨中吟唱，在风中跳舞。它也许受着大树的荫遮，也许受着大树的覆压，而它青春生长的力量，终使它穿枝拂叶地挣脱了出来，在烈日下挺立抬头！

它过着骄奢的春天，它也许开出满树的繁花，蜂蝶围绕着它飘翔喧闹，小鸟在它枝头欣赏唱歌，它会听见黄莺清吟，杜鹃啼血，也许还听见枭鸟的怪嗥。

它长到最茂盛的中年，它伸展出它如盖的浓荫，来荫庇树下的幽花芳草，它结出累累的果实，来呈现大地无尽的甜美与芳馨。

秋风起了，将它的叶子，由浓绿吹到绯红，秋阳下它再有一番的庄严灿烂，不是开花的骄傲，也不是结果的快乐，而是成功后的宁静的怡悦！

终于有一天，冬天的朔风，把它的黄叶干枝，卷落吹抖，它无力地在空中旋舞，在根下呻吟。大地庄严地伸出手儿来接引它，它一声不响地落在她的怀里。它消融了，归化了，它说不上快乐，也没有悲哀！

也许有一天，它再从地下的果仁中，破裂了出来，又长成一棵小树，再穿过丛莽的严遮，再来听黄莺的歌唱。

然而我不敢说来生，也不敢信来生。

宇宙是一个大生命，我们是宇宙大气中之一息。江流入海，叶落归根，我们是大生命中之一叶，大生命中之一滴。

在宇宙的大生命中，我们是多么卑微，多么渺小，而一滴一叶，也有它自己的使命！

要知道：生命的象征是活动，是生长，一滴一叶的活动生长，合成了整个宇宙的进化运行。

要记住：不是每一道江流都能入海，不流动的便成了死湖；不是每一粒种子都能成树，不生长的便成了空壳！

生命中不是永远快乐，也不是永远痛苦，快乐和痛苦是相生相成的。等于水道要经过不同的两岸，树木要经过常变的四时。

在快乐中我们要感谢生命，在痛苦中我们也要感谢生命。快乐固然兴奋，苦痛又何尝不美丽？我曾读到一个警句，是："愿你生命中有够多的云翳，来造成一个美丽的黄昏。"——（May there be enough clouds in your life to make a beautiful sunset.）

世界，国家和个人生命中的云翳，没有比今天再多的了。

小朋友，我们愿不愿意有一个成功后快乐的回忆，就是这位诗人所谓之"美丽的黄昏"？

祝福你的朋友　冰　心

一九四四年十二月一日，雨夜歌乐山。

（原载重庆《大公报》1944年12月15日）

冰心自传

人生之逼临，如狂风骤雨。除了低头闭目战栗承受之外，没有半分方法。待到雨过天青，已另是一个世界。

我的故乡

我生于一九〇〇年十月五日（农历庚子年闰八月十二日），七个月后我就离开了故乡——福建福州。但福州在我的心里，永远是我的故乡，因为它是我的父母之乡。我从父母亲口里听到的极其琐碎而极其亲切动人的故事，都是以福州为背景的。

我母亲说：我出生在福州城内的隆普营。这所祖父租来的房子里，住着我们的大家庭。院里有一个池子，那时福州常发大水，水大的时候，池子里的金鱼都游到我们的屋里来。

我的祖父谢子修（銮恩）老先生，是个教书匠，在城内的道南祠授徒为业。他是我们谢家第一个读书识字的人。我记得在我十一岁那年（一九一一年），从山东烟台回到福州的时候，在祖父的书架上，看到薄薄的一本套红印的家谱。第一位祖父是昌武公，以下是顺云公、以达公，然后就是我的祖父。上面仿佛还讲我们谢家是从江西迁来的，是晋朝谢安的后裔。但是在一个清静的冬夜，祖父和我独对的时候，他忽然摸着我的头说："你是我们谢家第一个正式上学读书的女孩子，你一定要好好地读呵。"说到这里，他就原原本本地讲起了我们贫寒的家世！原来我的曾祖父以达公，是福建长乐县横岭乡的一个贫农，因为天灾，逃到了福州城里学做裁缝。这和我们现在遍布全球的第一代华人一样，都是为祖国的天灾人祸所迫，漂洋过海，靠着不用资本的三把刀，剪刀（成衣业）、厨刀（饭馆业）、剃刀（理发业）起家的，不过我的曾祖父还没有逃得那么远！

那时做裁缝的是一年三节，即春节、端午节、中秋节，才可以到人家去要账。这一年的春节，曾祖父到人家要钱的时候，因为不认得字，被人家赖了账，他两手空空垂头丧气地回到家里。等米下锅的曾祖母听到这不幸的消息，沉默了一会，就含泪走了出去，半天没有进来。曾祖父出去看时，原来她已在墙角的树上自缢了！他连忙把她解救了下来，两人抱头大哭；这一对年轻的农民，在寒风中跪下对天立誓：将来如蒙天赐一个儿子，拼死拼活，也要让他读书识字，好替父亲记账、要账。但是从那以后我的曾祖母却一连生了四个女儿，第五胎才来了一个男的，还是难产。这个难得出生的男孩，就是我的祖父谢子修先生，乳名“大德”的。

这段故事，给我的印象极深，我的感触也极大！假如我的祖父是一棵大树，他的第二代就是树枝，我们就都是枝上的密叶；叶落归根，而我们的根，是深深地扎在福建横岭乡的田地里的。我并不是“乌衣门弟”出身，而是一个不识字、受欺凌的农民裁缝的后代。曾祖父的四个女儿，我的祖姑母们，仅仅因为她们是女孩子，就被剥夺了读书识字的权利！当我把这段意外的故事，告诉我的一个堂哥哥的时候，他却很不高兴地问我是听谁说的。当我告诉他这是祖父亲口对我讲的时候，他半天不言语，过了一会才悄悄地吩咐我，不要把这段故事再讲给别人听。当下，我对他的“忘本”和“轻农”就感到极大的不满！从那时起，我就不再遵守我们谢家写籍贯的习惯。我写在任何表格上的籍贯，不再是祖父“进学”地点的“福建闽侯”，而是“福建长乐”，以此来表示我的不同意见！

我这一辈子，到今日为止，在福州不过前后呆了两年多，更不用说长乐县的横岭乡了。但是我记得在一九一一年到一九一二年之间我们在福州的时候，横岭乡有几位父老，来邀我的父亲回去一趟。他们说横岭乡小，总是受人欺侮，如今族里出了一个军官，应该带几个兵勇回去夸耀夸耀。父亲恭敬地说：他可以回去祭祖，但是他没有兵，也不可能带兵去。我还记得父老们送给父亲一个红纸包的见面礼，那是一百个银角子，合起来值十个银元。父亲把这一个红纸包退回了，只跟父老们到横岭乡去祭了祖。一九二〇年前后，我在北京《晨报》写过一篇叫做《还乡》的短篇小说，讲的就是这个故事。现在这张剪报也找不到了。

从祖父和父亲的谈话里，我得知横岭乡是极其穷苦的。农民世世代代在田地上辛勤劳动，过着蒙昧贫困的生活，只有被卖去当“戏子”，才能逃出本土。当我看到那包由一百个银角子凑成的“见面礼”时，我联想到我所熟悉的山东烟台东山金钩寨的穷苦农民来，我心里涌上了一股说不出来难过的滋味！

我很爱我的祖父，他也特别地爱我，一来因为我不常在家，二来因为我虽然常去看书，却从来没有翻乱他的书籍，看完了也完整地放回原处。一九一一年我回到福州的时候，我是时刻围绕在他的身边转的。那时我们的家是住在“福州城内南后街杨桥巷口万兴桶石店后”。这个住址，现在我写起来还非常地熟悉、亲切，因为自从我会写字起，我的父母亲就时常督促我给祖父写信，信封也要我自己写。这所房子很大，住着我们大家庭的四房人。祖父和我们这一房，就住在大厅堂的两边，我们这边的前后房，住着我们一家六口，祖父的前、后房，只有他一个人，和满屋满架的书，那里成了我的乐园，我一得空就钻进去翻书看。我所看过的书，给我的印象最深的是清袁枚（子才）的笔记小说《子不语》，还有我祖父的老友林纾（琴南）老先生翻译的线装的法国名著《茶花女遗事》。这是我以后竭力搜求“林译小说”的开始，也可以说是我追求阅读西方文学作品的开始。

我们这所房子，有好几个院子，但它不像北方的“四合院”的院子，只是在一排或一进屋子的前面，有一个长方形的“天井”，每个“天井”里都有一口井，这几乎是福州房子的特点。这所大房里，除了住人的以外，就是客室和书房。几乎所有的厅堂和客室、书房的柱子上墙壁上都贴着或挂着书画。正房大厅的柱子上有红纸写的很长的对联，我只记得上联的末一句是“江左风流推谢傅”，这又是对晋朝谢太傅攀龙附凤之作，我就不屑于记它！但这些挂幅中的确有许多很好很值得记忆的，如我的伯叔父母居住的东院厅堂的楹联，就是：

海阔天高气象

风光月霁襟怀

又如西院客室楼上有祖父自己写的：

知足知不足

有为有弗为

这两副对联，对我的思想教育极深。祖父自己写的横幅，更是到处都有。我只记得有在道南祠种花诗中的两句：

花花相对叶相当
红紫青蓝白绿黄

在西院紫藤书屋的过道里还有我的外叔祖父杨维宝（颂岩）老先生送给我祖父的一副对联，是：

有子才如不羁马
知君身是后凋松

那几个字写得既圆润又有力，我很喜欢这一副对子，因为“不羁马”夸奖了他的侄婿、我的父亲，“后凋松”就称赞了他的老友、我的祖父！

从“不羁马”应当说到我的父亲谢葆璋（镜如）了。他是我祖父的第三个儿子。我的两个伯父，都继承了我祖父的职业，做了教书匠。在我父亲十七岁那年，正好祖父的朋友严复（又陵）老先生，回到福州来招海军学生，他看见了我的父亲，认为这个青年可以“投笔从戎”，就给我父亲出了一道诗题，是“月到中秋分外明”，还有一道八股的破题。父亲都做出来了。在一个穷教书匠的家里，能够有一个孩子去当“兵”领饷，也还是一件好事。于是我的父亲就穿上一件用伯父们的两件长衫和半斤棉花缝成的棉袍，跟着严老先生到天津紫竹林的水师学堂，去当了一名驾驶生。

父亲大概没有在英国留过学，但是作为一名巡洋舰上的青年军官，他到过好几个国家，如英国、日本。我记得他曾气愤地对我们说：“那时堂堂一个中国，竟连一首国歌都没有！我们到英国去接收我们中国购买的军舰，在举行接收典礼仪式时，他们竟奏一首《妈妈好糊涂》的民歌调子，作为中国的国歌，你看！”

甲午中日海战之役，父亲是军舰上的枪炮二副，参加了海战。这艘军舰后来在威海卫被击沉了。父亲泅到刘公岛，从那里又回到了福州。

我的母亲常常对我谈到那一段忧心如焚的生活。我的母亲杨福慈，十四岁时她的父母就相继去世，跟着她的叔父颂岩先生过活，十九岁嫁到了谢家。她的婚姻是在她九岁时由我的祖父和外祖父做诗谈文时说定的。结婚后小夫妻感情极好，因为我父亲长期在海上生活，“会少离多”，因此他们通信很勤，唱和的诗也不少。我只记得父亲写的一首七绝中的三句。

××××××××，
此身何事学牵牛。
燕山闽海遥相隔，
会少离多不自由。

甲午战争爆发后，因为海军里福州人很多，阵亡的也不少，因此我们住在这条街上，今天是这家糊上了白纸的门联，明天又是那家糊上白纸门联。母亲感到这副白纸门联，总有一天会糊到我们家的门上！她悄悄地买了一盒鸦片烟膏，藏在身上，准备一旦得到父亲阵亡的消息，她就服毒自尽。祖父看到了母亲沉默而悲哀的神情，就让我的两个堂姐姐，日夜守在母亲身旁。家里有人还到庙里去替我母亲求签，签上的话是：

筵已散，堂中寂寞恐难堪，
若要重欢，除是一轮月上。

母亲半信半疑地把签纸收了起来。过了些日子，果然在一个明月当空的夜晚，听到有人敲门，母亲急忙去开门时，月光下看见了辗转归来的父亲！母亲说："那时你父亲的脸，才有两个指头那么宽！"

从那时起，这一对年轻夫妻，在会少离多的六七年之后，才厮守了几个月。那时母亲和她的三个妯娌，每人十天替大家庭轮流做饭，父亲便替母亲劈柴、生火、打水，做个下手。不久，海军名宿萨鼎铭（镇冰）将军，就来了一封电报，把我父亲召出去了。

一九一二年，我在福州时期，考上了福州女子师范学校预科，第一次过起了学校生活。头几天我还很不惯，偷偷地流过许多眼泪，但我从来没有对任何人说过，怕大家庭里那些本来就不赞成女孩子上学的长辈们，会出来劝我辍学！但我很快地就交上了许多要好的同学。至今我还能顺老师上班点名的次序背诵出十几个同学的名字。福州女师的地址，是在城内的花巷，是一所很大的旧家第宅，我记得我们课堂边有一个小池子，池边种着芭蕉。学校里还有一口很大的池塘，池上还有一道石桥，连接在两处亭馆之间。我们的校长是黄花岗七十二烈士中之一的方声洞先生的姐姐，方君瑛女士。我们的作文老师是林步瀛先生。在我快离开女师的时候，还来了一位教体操的日本女教师，姓石井的，她的名字我不记得了。我在这所学校只读了三个学期，中华民国成立后，海军部长黄钟瑛（赞侯），又来了一封电报，把父亲召出去了。不久，我们全家就到了北京。

我对于故乡的回忆，只能写到这里，十几年来，我还没有这样地畅快挥写过！我的回忆像初融的春水，涌溢奔流，十几年来，睡眠也少了，“晓枕心气清”，这些回忆总是使人欢喜而又惆怅地在我心头反复涌现。这一幕一幕的图画或文字，都是我的弟弟们没有看过或听过的，即使他们看过听过，他们也不会记得懂得的，更不用说我的第二代第三代了。我有时想如果不把这些写记下来，将来这些图文就会和我的刻着印象的头脑一起消失。这是否可惜呢？但我同时又想，这些都是关于个人的东西，不留下或被忘却也许更好。这两种想法在我心里矛盾了许多年。

一九三六年冬，我在英国的伦敦，应英国女作家弗吉尼亚·沃尔夫（Virginia Woolf）之约，到她家喝茶。我们从伦敦的雾，中国和英国的小说、诗歌，一直谈到当时英国的英王退位和中国的西安事变。她忽然对我说："你应该写一本自传。"我摇头笑说："我们中国人没有写自传的风习，而且关于我自己也没有什么可写的。"她说："我倒不是要你写自己，而是要你把自己作为线索，把当地的一些社会现象贯穿起来，即使是关于个人的一些事情，也可作为后人参考的史料。"我当时没有说什么，谈锋又转到别处去了。

事情过去四十三年了，今天回想起来，觉得她的话也有些道理。"思想再解放一点"，我就把这些在我脑子里反复呈现的图画和文字，奔放自由地写在纸上。

记得在半个世纪之前，在我写《往事（一）》的时候，曾在上面写过这么几句话：

索性凭着深刻的印象，
　将这些往事
　移在白纸上罢——
再回忆时
　不向心版上搜索了！

这几句话，现在还是可以应用的。把这些图画和文字，移在白纸上之后，我心里的确轻松多了！

一九七九年二月十一日。

（原载《福建文艺》1979年4、5期合刊）

我的童年

我生下来七个月，也就是一九〇一年的五月，就离开我的故乡福州，到了上海。

那时我的父亲是“海圻”巡洋舰的副舰长，舰长是萨镇冰先生。巡洋舰“海”字号的共有四艘，就是“海圻”“海筹”“海琛”“海容”，这几艘军舰我都跟着父亲上去过。听说还有一舰叫作“海天”的，因为舰长驾驶失误，触礁沉没了。

上海是个大港口，巡洋舰无论开到哪里，都要经过这里停泊几天，因此我们这一家便搬到上海来，住在上海的昌寿里。这昌寿里是在上海的哪一区，我就不知道了，但是母亲所讲的关于我很小时候的故事，例如我写在《寄小读者·通讯十》里面的一些，就都是以昌寿里为背景的。我关于上海的记忆，只有两张相片作为根据，一张是父亲自己照的：年轻的母亲穿着沿着阔边的衣裤，坐在一张有床架和帐楣的床边上，脚下还摆着一个脚炉，我就站在她的身旁，头上是一顶青绒的帽子，身上是一件深色的棉袍。父亲很喜欢玩些新鲜的东西，例如照相，我记得他的那个照相机，就有现在卫生员背的药箱那么大！他还有许多冲洗相片的器具，至今我还保存有一个玻璃的漏斗，就是洗相片用的器具之一。另一张相片是在照相馆照的，我的祖父和老姨太坐在茶几的两边，茶几上摆着花盆、盖碗茶杯和水烟筒，祖父穿着夏天的长衫，手里拿着扇子；老姨太穿着沿着阔边的上衣，下面是青纱裙子。我自己坐在他们中间茶几前面的一张小椅子上，头上梳着两个丫角，身上穿的是浅色衣裤，两手按在膝头，手腕和脚踝上都戴有银镯子，看样子不过有两三岁，至少是会走了吧。

父亲四岁丧母，祖父一直没有再续弦，这位老姨太大概是祖父老了以后才娶的。我在一九一一年回到福州时，也没有听见家里人谈到她的事，可见她在我们家里的时间是很短暂的，记得我们住在山东烟台的时期内，祖父来信中提到老姨太病故了。当我们后来拿起这张相片谈起她时，母亲就夸她的活计好，她说上海夏天很热，可是老姨太总不让我光着膀子，说我背上的那块蓝“记”是我的前生父母给涂上的，让他们看见了就来讨人了。她又知道我母亲不喜欢红红绿绿的，就给我做白洋纱的衣裤或背心，沿着黑色拷绸的边，看去既凉爽又醒目。母亲说她太费心了，她说费事倒没有什么，就是太素淡了。的确，我母亲不喜欢浓艳的颜色，我又因为从小男装，所以我从来没有扎过红头绳。现在，这两张相片也找不到了。

在上海那两三年中，父亲隔几个月就可以回来一次。母亲谈到夏天夜里，父亲有时和她坐马车到黄浦滩上去兜风，她认为那是她在福州时所想望不到的。但是父亲回到家来，很少在白天出去探亲访友，因为舰长萨镇冰先生说不定什么时候就会派水兵来叫他。萨镇冰先生是父亲在海军中最敬仰的上级，总是亲昵地称他为“萨统”（“统”就是“统领”的意思，我想这也和现在人称的“朱总”“彭总”“贺总”差不多）。我对萨统的印象也极深。记得有一次，我拉着一个来召唤我父亲的水手，不让他走，他笑说：“不行，不走要打屁股的！”我问：“谁叫打？用什么打？”他说：“军官叫打就打，用绳子打，打起来就是‘一打’，‘一打’就是十二下。”我说：“绳子打不疼吧？”他用手指比划着说：“喝！你试试看，我们船上用的绳索粗着呢，浸透了水，打起来比棒子还疼呢！”我着急地问：“我父亲若不回去，萨统会打他吧？”他摇头笑说：“不会的，当官的顶多也就记一个过。萨统很少很少打人，你父亲也不打人，打起来也只打‘半打’，还叫用干索子。”我问：“那就不疼了吧？”他说：“那就好多了……”这时父亲已换好军装出来，他就笑着跟在后面走了。

大概就在这时候，母亲生了一个妹妹，不几天就夭折了。头几天我还搬过一张凳子，爬上床去亲她的小脸，后来床上就没有她了。我问妹妹哪里去了，祖父说妹妹逛大马路去了，但她始终就没有回来！

一九〇三——一九〇四年之间，父亲奉命到山东烟台去创办海军军官学校。我们搬到烟台，祖父和老姨太又回到福州去了。

我们到了烟台，先住在市内的海军采办所，所长叶茂蕃先生让出一间北屋给我们住。南屋是一排三间的客厅，就成了父亲会客和办公的地方。我记得这客厅里有一副长联是：

此地有崇山峻岭茂林修竹
是能读三坟五典八索九丘

我提到这一副对联，因为这是我开始识字的一本课文！父亲那时正忙于拟定筹建海军学校的方案，而我却时刻缠在他的身边，说这问那，他就停下笔指着那副墙上的对联说：“你也学着认认字好不好？你看那对子上的山、竹、三、

五、八、九这几个字不都很容易认的吗?”于是我就也拿起一支笔，坐在父亲的身旁一边学认一边学写，就这样，我把对联上的二十二个字都会念会写了，虽然直到现在我还不知道这“三坟五典八索九丘”究竟是哪几本古书。

不久，我们又搬到烟台东山北坡上的一所海军医院去寄居。这时来帮我父亲做文书工作的，我的舅舅杨子敬先生，也把家从福州搬来了，我们两家就住在这所医院的三间正房里。

这所医院是在陡地上坐南朝北盖的，正房比较阴冷，但是从廊上东望就看见了大海！从这一天起，大海就在我的思想感情上占了一个极其重要的位置。我常常心里想着它，嘴里谈着它，笔下写着它；尤其是三年前的十几年里，当我忧从中来，无可告语的时候，我一想到大海，我的心胸就开阔了起来，宁静了下来！一九二四年我在美国养病的时候，曾写信到国内请人写一副“集龚”的对联，是：

世事沧桑心事定
胸中海岳梦中飞

谢天谢地，因为这副很短小的对联，当时是卷起压在一只大书箱的箱底的，“四人帮”横行，我家被抄的时候，它竟没有和我的其他珍藏的字画一起被抄走！

现在再回来说这所海军医院。它的东厢房是病房，西厢房是诊室，有一位姓李的老大夫，病人不多。门房里还住着一位修理枪支的师傅，大概是退伍军人吧！我常常去蹲在他的炭炉旁边，和他攀谈。西厢房的后面有个大院子，有许多花果树，还种着满地的花，还养着好几箱的蜜蜂，花放时热闹得很。我就因为常去摘花，被蜜蜂螫了好几次，每次都是那位老大夫给上的药，他还告诫我：花是蜜蜂的粮食，好孩子是不抢人的粮食的。

这时，认字读书已成了我的日课，母亲和舅舅都是我的老师，母亲教我认“字片”，舅舅教我的课本，是商务印书馆的国文教科书第一册，从“天地日月”学起。有了海和山作我的活动场地，我对于认字，就没有了兴趣，我在一九三二年写的《冰心选集》自序中，曾有过这一段，就是以海军医院为背景的：

> ……有一次母亲关我在屋里，叫我认字，我却挣扎着要出去。父亲便在外面，用马鞭子重重地敲着堂屋的桌子，吓唬我，可是从未打到我的头上的马鞭子，也从未把我爱跑的癖气吓唬回去……

不久，我们又翻过山坡，搬到东山东边的海军练营旁边新盖好的房子里。这所房子盖在山坡挖出来的一块平地上，是个四合院，住着筹备海军学校的职员们。这座练营里已住进了一批新招来的海军学生，但也住有一营（?）的练勇。(大概那时父亲也兼任练营的营长。）我常常跑到营门口去和站岗的练勇谈话。他们不像兵舰上的水兵那样穿白色军装。他们的军装是蓝布包头，身上穿的也是蓝色衣裤，胸前有白线绣的“海军练勇”字样。当我跟着父亲走到营门口，他们举枪立正之后，父亲进去了就挥手叫我回去。我等父亲走远了，却拉那位练勇蹲了下来，一面摸他的枪，一面问：“你也打过海战吧?”他摇头说：“没有。”我说：“我父亲就打过，可是他打输了!”他站了起来，扛起枪，用手拍着枪托子，说：“我知道，你父亲打仗的时候，我还没当兵呢。你等着，总有一天你的父亲还会带我们去打仗，我们一定要打个胜仗，你信不信?”这几句带着很浓厚山东口音的誓言，一直在我的耳边回响着!

回想起来，住在海军练营旁边的时候，是我在烟台八年之中，离海最近的一段。这房子北面的山坡上，有一座旗台，是和海上军舰通旗语的地方。旗台的西边有一条山坡路通到海边的炮台，炮台上装有三门大炮，炮台下面的地下室里还有几个鱼雷，说是“海天”舰沉后捞上来的。这里还驻有一支穿白衣军装的军乐队，我常常跟父亲去听他们演习，我非常尊敬而且羡慕那位乐队指挥！炮台的西边有一个小码头。父亲的舰长朋友们来接送他的小汽艇，就是停泊在这码头边上的。

写到这里，我觉得我渐渐地进入了角色！这营房、旗台、炮台、码头，和周围的海边山上，是我童年初期活动的舞台。我在一九六二年九月十八日夜曾写过一篇叫作《海恋》的散文，里面有：

> ……我童年活动的舞台上，从不更换布景……在清晨我看见金盆似的朝日，从深黑色、浅灰色、鱼肚白色的云层里，忽然涌了上来，这时太空轰鸣，浓金泼满了海面，染透了诸天……在黄昏我看见银盘似的月亮颤巍巍地捧出了水平，海面变成一层层一道道的由浓黑而银灰渐渐地漾成光明闪烁的一片……这个舞台，绝顶静寂，无边辽阔，我既是演员，又是剧作者。我虽然单身独自，我却感到无限的欢畅与自由。

就在这个期间，一九〇六年，我的大弟谢为涵出世了。他比我小得多，在家塾里的表哥哥和堂哥哥们又比我大得多，他们和我玩不到一块儿，这就造成了我在山巅水涯独往独来的性格。这时我和父亲同在的时间特别多。白天我开始在家塾里附学，念一点书，学作一些短句子，放了学父亲也从营里回来，他就教我打枪、骑马、划船，夜里就指点我看星星。逢年过节，他也带我到烟台市上去，参加天后宫里海军军人的聚会演戏，或到玉皇顶去看梨花，到张裕酿酒公司的葡萄园里去吃葡萄，更多的时候，就是带我到进港的军舰上去看朋友。

一九〇八年，我的二弟谢为杰出世了，我们又搬到海军学校后面的新房子里来。

这所房子有东西两个院子，西院一排五间是我们和舅舅一家合住的。我们住的一边，父亲又在尽东头面海的一间屋子上添盖了一间楼房，上楼就望见大海。我在《海恋》中有过这么一段描写，就是在这楼上所望见的一切：

> 右边是一座屏幛似的连绵不断的南山，左边是一带围抱过来的丘陵，土坡上是一层一层的麦地，前面是平坦无际的淡黄的沙滩。在沙滩与我之间，有一簇依山上下高低不齐的农舍，亲热地偎倚成一个小小的村落。在广阔的沙滩前面，就是那片大海！这大海横亘南北，布满东方的天边，天边有几笔淡墨画成的海岛，那就是芝罘岛，岛上有一座灯塔……

在这时期，我上学的时间长了，看书的时间也多了，主要的还是因为离海远些了，父亲也忙些了，我好些日子才到海滩上去一次，我记得这海滩上有一座小小的龙王庙，庙门上的对联是：

群生被泽

四海安澜

因为少到海滩上去，那间望海的楼房就成了我常去的地方。这房间算是客房，但是客人很少来住，父亲和母亲想要习静的时候就到那里去。我最喜欢在风雨之夜，倚栏凝望那灯塔上的一停一射的强光，它永远给我以无限的温暖快慰的感觉！

这时，我们家塾里来了一位女同学，也是我的第一个女伴，她是父亲同事李毓丞先生的女儿名叫李梅修的，她比我只大两岁，母亲说她比我稳静得多。她的书桌和我的摆在一起，我们十分要好。这时，我开始学会了“过家家”，我们轮流在自己“家”里“做饭”，互相邀请，吃些小糖小饼之类。一九一一年，我们在福州的时候，父亲得到李伯伯从上海的来信，说是李梅修病故了，我们都很难过，我还写了一篇《祭亡友李梅修文》寄到上海去。

我和李梅修谈话或做游戏的地方，就在楼房的廊上，一来可以免受表哥哥和堂哥哥们的干扰，二来可以赏玩海景和园景。从楼廊上往前看是大海，往下看就是东院那个客厅和书斋的五彩缤纷的大院子。父亲公余喜欢栽树种花，这院子里种有许多果树和各种的花。花畦是父亲自己画的种种几何形的图案，花径是从海滩上挑来的大卵石铺成的。我们清晨起来，常常在这里活动。我记得我的小舅舅杨子玉先生，他是我的外叔祖父杨颂岩老先生的儿子，那时正在唐山路矿学堂肄业，夏天就到我们这里来度假。他从烟台回校后，曾寄来一首长诗，头几句我忘了，后几句是：

……
……
忆昔夏日来芝罘，
照眼繁花簇小楼。
清晨微步惬情赏，
向晚琼筵勤劝酬。
欢娱苦短不逾月，
别来倏忽惊残秋。
花自凋零吾不见，
共怜福分几生修。

小舅舅是我们这一代最欢迎的人，他最会讲故事，讲得有声有色。他有时讲吊死鬼的故事来吓唬我们，但是他讲得更多的是民族意识很浓厚的故事，什么洪承畴卖国啦，林则徐烧鸦片啦等等，都讲得慷慨淋漓，我们听过了往往兴奋得睡不着觉！他还拉我的父亲和父亲的同事们组织赛诗会，就是：在开会时大家议定了题目，限了韵，各人分头做诗，传观后评定等次，也预备了一些奖品，如扇子、笺纸之类。赛诗会总是晚上在我们书斋里举行，我们都坐在一边旁听。现在我只记得父亲做的《咏蟋蟀》一首，还不完全：

庭前……正花黄，
床下高吟际小阳。
笑尔专寻同种斗，
争来名誉亦何香。

还有《咏茅屋》一首，也只记得两句：

……
……
久处不须忧瓦解，
雨余还得草根香。

我记住了这些句子，还是因为小舅舅和我父亲开玩笑，说他做诗也解脱不了军人的本色。父亲也笑说："诗言志嘛，我想到什么就写什么，当然用词赶不上你们那么文雅了。"但是我体会到小舅舅的确很喜欢父亲的"军人本色"，我的舅舅们和父亲以及父亲的同事们在赛诗会后，往往还谈到深夜，那时我们都睡觉去了，也不知道他们都谈些什么。

小舅舅每次来过暑假，都带来一些书，有些书是不让我们看的，越是不让看，我们就越想看，哥哥们就怂恿我去偷，偷来看时，原来都是“天讨”之类的“同盟会”的宣传册子。我们偷偷地看了之后，又偷偷地赶紧送回原处。

一九一〇年我的三弟谢为楫出世了。就在这后不久，海军学校发生了风潮！

大概在这一年之前，那时的海军大臣载洵，到烟台海军学校视察过一次，回到北京，便从北京贵胄学堂派来了二十名满族学生，到海军学校学习。在一九一一年的春季运动会上，为着争夺一项锦标，一两年中蕴积的满汉学生之间的矛盾表面化了！这一场风潮闹得很凶，北京就派来了一个调查员郑汝成，来查办这个案件。他也是父亲的同学。他背地里告诉父亲，说是这几年来一直有人在北京告我父亲是“乱党”，并举海校学生中有许多同盟会员——其中就有萨镇冰老先生的侄子（？）萨福锵……而且学校图书室订阅的，都是《民呼报》之类，替同盟会宣传的报纸为证等等，他劝我父亲立即辞职，免得落个“撤职查办”。父亲同意了，他的几位同事也和他一起递了辞呈。就在这一年的秋天，父亲恋恋不舍地告别了他所创办的海军学校，和来送他的朋友、同事和学生，我也告别了我的耳鬓厮磨的大海，离开烟台，回到我的故乡福州去了！

这里，应该写上一段至今回忆起来仍使我心潮澎湃的插曲。振奋人心的辛亥革命在这年的十月十日发生了！我们在回到福州的中途，在上海虹口住了一个多月。我们每天都在抢着等着看报。报上以黎元洪将军（他也是父亲的同班同学，不过父亲学的是驾驶，他学的是管轮）署名从湖北武昌拍出的起义的电报（据说是饶汉祥先生的手笔），写得慷慨激昂，篇末都是以“黎元洪泣血叩”收尾。这时大家都纷纷捐款劳军，我记得我也把攒下的十块压岁钱，送到申报馆去捐献，收条的上款还写有“幼女谢婉莹君”字样，我把这张小小的收条，珍藏了好多年，现在，它当然也和如水的年光一同消逝了！

一九七九年七月四日清晨。

（原载《朝花儿童文学丛刊》第1期）

我到了北京

大概是在一九一三年初秋，我到了北京。

中华民国成立后，海军部长黄钟瑛打电报把我父亲召到北京，来担任海军部军学司长。父亲自己先去到任，母亲带着我们姐弟四个，几个月后才由舅舅护送着，来到北京。

实话说，我对北京的感情，是随着居住的年月而增加的。我从海阔天空的烟台，山清水秀的福州，到了我从小从舅舅那里听到的腐朽破烂的清政府所在地——北京，我是没有企望和兴奋的心情的。当轮船缓慢地驶进大沽口十八湾的时候，那浑黄的河水和浅浅的河滩，都给我以一种抑郁烦躁的感觉。从天津到北京，一路上青少黄多的田亩，一望无际，也没有引起我的兴趣！到了北京东车站，父亲来接，我们坐上马车，我眼前掠过的，就是高而厚的灰色的城墙，尘沙飞扬的黄土铺成的大道，匆忙而又迂缓的行人和流汗的人力车夫的奔走，在我茫然漠然的心情之中，马车把我送到了一住十六年的“新居”，北京东城铁狮子胡同中剪子巷十四号。

这是一个不大的门面，就像天津出版社印的老舍先生的《四世同堂》的封面画，是典型的北京中等人家的住宅。大门左边的门框上，挂着黑底金字的“齐宅”牌子。进门右边的两扇门内，是房东齐家的住处。往左走过一个小小的长方形外院，从朝南的四扇门进去，是个不大的三合院，便是我们的“家”了。

这个三合院，北房三间，外面有廊子，里面有带砖炕的东西两个套间。东西厢房各三间，都是两明一暗，东厢房作了客厅和父亲的书房，西厢房成了舅舅的居室和弟弟们读书的地方。从此房廊前的东边过去，还有个很小的院子，这里有厨房和厨师父的屋子，后面有一个蹲坑的厕所。北屋后面西边靠墙有一座极小的两层“楼”，上面供的是财神，下面供的是狐仙！

我们住的北房，除东西套间外，那两明一暗的正房，有玻璃后窗，还有雕花的“隔扇”，这隔扇上的小木框里，都嵌着一幅画或一首诗。这是我在烟台或福州的房子里所没有的装饰，我很喜欢这个装饰！框里的画，是水墨或彩色的花卉山水，诗就多半是我看过的《唐诗三百首》中的句子，也有的是我以后在前人诗集中找到的。其中只有一首，是我从来没有遇见过的，那是一首七律：

飘然高唱入层云，风急天高（?）忽断闻。
难解乱丝唯勿理，善存余焰不教焚。
事当路口三叉误，人便江头九派分。
今日始知吾左计，枉亲书剑负耕耘。

我觉得这首诗很有哲理意味。

我们在这院子里住了十六年！这里面堆积了许多我对于我们家和北京的最初的回忆。

我最初接触的北京人，是我们的房东齐家。我们到的第二天，齐老太太就带着她的四姑娘，过来拜访。她称我的父母亲为“大叔”“大婶”，称我们为姑娘和学生。（现在我会用“您”字，就是从她们学来的。）齐老太太常来请我母亲到她家打牌，或出去听戏。母亲体弱，又不惯于这种应酬，婉言辞谢了几次之后，她来得便少了。我倒是和她们去东安市场的吉祥园，听了几次戏，我还赶上了听杨小楼先生演黄天霸的戏，戏名我忘了。我又从《汾河湾》那出戏里，第一次看到了梅兰芳先生。

我常被领到齐家去，她们院里也有三间北屋和东西各一间的厢房。屋里生的是大的铜的煤球炉子，很暖。她家的客人很多，客人来了就打麻将牌，抽纸烟。四姑娘也和他们一起打牌吸烟，她只不过比我大两三岁！

齐家是旗人，他本来姓“祈”（后来我听到一位给母亲看病的满族中医讲到，旗人有八个姓，就是佟、关、马、索、祈、富、安、郎），到了民国，旗人多改汉姓，他们就姓了“齐”。他们家是老太太当权，齐老先生和他们的小脚儿媳，低头出入，忙着干活，很少说话。后来听人说，这位齐老太太从前是一个王府的“奶子”，她攒下钱盖的这所房子。我总觉得她和我们家门口大院西边那所大宅的主人有关系。这所大宅子的前门开在铁狮子胡同，后门就在我们门口大院的西边。常常有穿着鲜艳的旗袍和坎肩，梳着“两把头”，髻后有很长的“燕尾儿”，脚登高底鞋的贵妇人出来进去的。她们彼此见面，就不住地请安问好，寒暄半天，我远远看着觉得十分有趣。但这些贵妇人，从来没有到齐家来过。

就这样，我所接触的只是我家院内外的一切，我的天地比从前的狭仄冷清多了，幸而我的父亲是个不甘寂寞的人，他在小院里砌上花台，下了“衙门”（北京人称上班为上衙门！）便卷起袖子来种花。我们在外头那个长方形的院子里，还搭起一个葡萄架子，把从烟台寄来的葡萄秧子栽上。

后来父亲的花园渐渐扩大到大门以外，他在门口种了些野茉莉、蜀葵之类容易生长的花朵，还立起了一个秋千架。周围的孩子就常来看花，打秋千，他们把这大院称作“谢家大院”。

“谢家大院”是周围的孩子们集会的地方，放风筝的、抖空竹的、跳绳踢毽子的、练自行车的……热闹得很。因此也常有“打糖锣的”的担子歇在那里，锣声一响，弟弟们就都往外跑，我便也跟了出去。这担子里包罗万象，有糖球、面具、风筝、刀枪等等，价钱也很便宜。这糖锣担子给我的印象很深！前几年我认识一位面人张，他捏了一尊寿星送我，我把这尊寿星送给一位英国朋友—— 一位人类学者，我又特烦面人张给我捏一副“打糖锣的”的担子，把它摆在我玻璃书架里面，来锁住我少年时代的一幅画境。

总起来说，我初到北京的那一段生活，是陌生而乏味的。“山中岁月”“海上心情”固然没有了，而“辇下风光”我也没有领略到多少！那时故宫、景山和北海等处，还都没有开放，其他的名胜地区，我记得也没有去过。只有一次和弟弟们由舅舅带着逛了隆福寺市场，这对我也是一件新鲜事物！市场里熙来攘往，万头攒动。栉比鳞次的摊子上，卖什么的都有，古董、衣服、吃的、用的，五光十色；除了做买卖的，还有练武的、变戏法的、说书的……我们的注意力却集中在玩具摊上！我记得最清楚的是棕人铜盘戏出。这是一种纸糊的戏装小人，最精彩的是武将，头上插着翎毛，背后扎着四面小旗，全副盔甲，衣袍底下却是一圈棕子。这些戏装小人都放在一个大铜盘上。耍的人一敲那铜盘子，个个棕人都旋转起来，刀来枪往，煞是好看。

父亲到了北京以后，似乎消沉多了，他当然不会带我上“衙门”，其他的地方，他也不爱去，因此我也很少出门。这一年里我似乎长大了许多！因为这时围绕着我的，不是那些堂的或表的姐妹弟兄，而只是三个比我小得多的弟弟，岁时节序，就显得冷清许多。二来因为我追随父亲的机会少了，我自然而然地成了母亲的女儿。我不但学会了替母亲梳头（母亲那时已经感到臂腕酸痛），而且也分担了一些家务，我才知道“过日子”是一件很操心、很不容易对付的事！这时我也常看母亲订阅的各种杂志，如商务印书馆出版的《妇女杂志》，《小说月报》和《东方杂志》等，我就是从《妇女杂志》的文苑栏内，首先接触到“词”这种诗歌形式的。我的舅舅杨子敬先生做了弟弟们的塾师，他并没有叫我参加学习，我白天帮母亲做些家务，学些针黹，晚上就在堂屋的方桌边，和三个弟弟各据一方，帮他们温习功课，他们倦了就给他们讲些故事，也领他们做些游戏，如“老鹰抓小鸡”之类，自己觉得俨然是个小先生了。

弟弟们睡觉以后，我自己孤单地坐着，听到的不是高亢的军号，而是墙外的悠长而凄清的叫卖“羊头肉”或是“赛梨的萝卜”的声音，再不就是一声声算命瞎子敲的小锣，敲得人心头打颤，使我彷徨而烦闷！

写到这里，我微微起了感喟。我的生命的列车，一直是沿着海岸飞驰，虽然山回路转，离开了空阔的海天，我还看到了柳暗花明的村落。而走到北京的最初一段，却如同列车进入隧道，窗外黑糊糊的，车窗关上了，车厢里的电灯亮了，我的眼光收了回来，在一圈黄黄的灯影下，我仔细端详了车厢里的人和物，也端详了自己……

北京头一年的时光，是我生命路上第一段短短的隧道，这种黑糊糊的隧道，以后当然也还有，而且更长，不过我已经长大成人了！

一九八一年六月十六日。

（原载《收获》1981年第6期）

我入了贝满中斋

我在北京闲居了半年，家里的大人们都没有提起我入学的事，似乎大家都在努力适应这陌生而古老的环境。我忍耐不住了，就在一个夏天的晚上，向我的舅舅杨子敬先生提出我要上学。那时他除了在家里教我的弟弟们读书以外，也十分无聊，在生疏的北京，又不知道有什么正当的娱乐场所，他就常到米市大街基督教青年会去看书报、打球，和青年会干事们交上朋友（他还让我的大弟谢为涵和他自己的儿子杨建辰到青年会夜校去读英文）。当我舅舅向他的青年会干事朋友打听有什么好的女子中学的时候，他们就介绍了离我们家最近的东城灯市口公理会的贝满女子中学。

我的父母并不反对我入教会学校，因为我的二伯父谢葆珪（穆如）先生，就在福州仓前山的英华书院教中文，那也是一所教会学校，二伯父的儿子，我的堂兄谢为枢，就在那里读书。仿佛除了教学和上学之外，并没有勉强他们入教。英华书院的男女教师，都是传教士，也到我们福州家里来过。还因为在我上面有两个哥哥，都是接生婆接的，她的接生器具没有经过消毒，他们都得了脐带风而夭折了。于是在我和三个弟弟出生的时候，父亲就去请教会医院的女医生来接生。我还记得给我弟弟们接生的美国女医生，身上穿的都是中国式的上衣和裙子，不过头上戴着帽子，脚下穿着皮鞋。在弟弟们满月以前，她们还自动来看望过，都是从山下走上来的。因此父母亲对她们的印象很好。父亲说：教会学校的教学是认真的，英文的口语也纯正，你去上学也好。

于是在一九一四年的秋天，舅舅就带我到贝满女子中学去报名。

那时的贝满女中是在灯市口公理会大院内西北角的一组曲尺形的楼房里。在曲尺的转折处，东南面的楼壁上，有横写的四个金字“贝满中斋”——那时教会学校用的都是中国传统的名称：中学称中斋，大学称书院，小学称蒙学。公理会就有培元蒙学（六年）、贝满中斋（四年）、协和女子书院（四年），因为在通县还有一所男子协和书院，女子书院才加上“女子”二字。这所贝满中斋是美国人姓Bridgeman的捐款建立的，“贝满”是Bridgeman的译音——走上十级左右的台阶，便进到楼道左边的一间办公室。有位中年的美国女教士，就是校长吧，把我领到一间课室里，递给我一道中文老师出的论说题目，是“学然后知不足”。这题目是我在家塾中做过的，于是我不费思索，一挥而就。校长斐教士十分惊奇叹赏，对我舅舅说：“她可以插入一年级，明天就交费上学吧。”考试和入学的手续是那样的简单，真出乎我们意料之外，我是又高兴而又不安。

第二天我就带着一学期的学费（十六元）去上学了。到校后检查书包，那十六元钱不见了，在校长室里我窘得几乎落下泪来。斐教士安慰我说：“不要紧的，丢了就不必交了。”我说：“那不好，我明天一定来补交。”这时斐教士按了电铃，对进来的一位老太太说：“叫陶玲来。”不久门外便进来一个二年级的同学——一个能说会道、大大咧咧的满族女孩子，也就是这个陶玲，一直叫我“小谢”，叫到了我八十二岁——她把我带进楼上的大课堂，这大堂上面有讲台，下面有好几排两人同桌的座位，是全校学生自修和开会的地方。我被引到一年级的座位上坐下。这大堂里坐着许多这时不上课的同学，都在低首用功，静默得没有一点声音。上了一两堂课，到了午饭时间，我仍是羞怯地坐在自己的座位上。同学们都走了，我也不敢自动跟了去。下午放了学，就赶紧抱起书包回家。上学的第一天就不顺利，既丢了学费，又没有吃到午饭，心里十分抑郁，回到家里就哭了一场！

第二天我补交了学费。特意来送我上学的、我的二弟的奶娘，还找到学校传达室那位老太太说了昨天我没吃到午饭的事。她笑了，于是到了午饭时间，仍是那个爱说爱笑的斋二同学陶玲，带我到楼下一个大餐厅的内间，那是走读生们用饭的地方。伙食不错，米饭，四菜一汤，算是“小灶”吧。这时外面大餐厅里响起了“谢饭”的歌声，住校的同学们几乎都在那里用饭。她们站着唱歌，唱完才坐下吃。吃的是馒头、窝头，饭菜也很简单。

同学们慢慢地和我熟了，我发现她们几乎都是基督教徒，从保定、通县和北京或外省的公理会女子小学升上来的，也几乎都是住校。她们都很拘谨、严肃，衣着都是蓝衣青裙，十分朴素。刚上学的一个月，我感到很拘束，很郁闷。圣经课对我本来是陌生的，那时候读的又是《列王纪》，是犹太国古王朝的历史，枯燥无味。算术学的又是代数，我在福州女子师范学校预科只学到加减乘除，中间缺了一大段。第一次月考，我只得62分，不及格！这“不及格”是从我读书以来未曾有过的，给我的刺激很大！我曾把它写在《关于女人》中《我的教师》一段里。这位教师是丁淑静，她教过我历史、地理、地质等课。但她不是我的代数教师，也没有给我补过课，其他的描写，还都是事实。以后在一九一五年的暑假里，由培元蒙学的一位数学教师，给我补了这一段空白。但是其他课目，连圣经、英文我的分数几乎都不在95分以下，作文老师还给过我100加20的分数。

慢慢地高班的同学们也和我熟了，女孩子究竟是女孩子，她们也很淘气，很爱开玩笑。她们叫我“小碗儿”，因为学名是谢婉莹；叫我“侉子”，因为我开始在班里回答问题的时候，用的是道地的烟台话，教师听不懂，就叫我在黑板上写出答案。同学中间到了能开玩笑的地步，就表示出我们之间已经亲密无间。我不但喜爱她们，也更学习她们的刻苦用功。我们用的课本，都是教会学校系统自己编的，大半是从英文课本翻译过来的，比如在代数的习题里就有“四开银角”的名词，我们都算不出来。直到一九二三年我到美国留学，用过quarter，那是两角五分的银币，一元钱的四分之一，中国没有这种币制。我们的历史教科书，是从《资治通鉴》摘编的“鉴史辑要”。只有英文用的是商务印书馆的课本，也是从A Boy A Peach开始，教师是美国人芬教士，她很年轻，刚从美国来，汉语不太娴熟，常用简单的英语和我们谈笑，因此我们的英文进步得比较快。

我们每天上午除上课外，最后半小时还有一个聚会，多半是本校的中美教师或公理会的牧师来给我们“讲道”。此外就是星期天的“查经班”，把校里的非基督徒学生，不分班次地编在一起，在到公理会教堂做礼拜以前，由协和女子书院的校长麦教士，给我们讲半小时的圣经故事。查经班和做大礼拜对我都是负担，因为只有星期天我才能和父母亲和弟弟们整天在一起，或帮母亲做些家务，我就常常托故不去。但在查经班里有许多我喜欢的同学，如斋二的陶玲、斋三的陈克俊等，我尤其喜欢陈克俊。在贝满中斋和以后在协和女子大学同学时期，我们常常一起参加表演，我在《关于女人》里写的《我的同学》，就是陈克俊。

在贝满还有一个集体活动，是每星期三下午的“文学会”，是同学们练习演讲辩论的集会。这会是在大课堂里开的。讲台上有主席，主持并宣告节目；还有书记，记录开会过程；台下有记时员，她的桌上放一只记时钟，讲话的人过了时间，她就叩钟催她下台。节目有读报、演说、辩论等。辩论是四个人来辩论一个题目，正反面各有两人，交替着上台辩论。大会结束后，主席就请坐在台旁旁听的教师讲几句评论的话。我开始非常害怕这个集会。第一次是让我读报，我走上台去，看见台下有上百对的眼睛盯着我看，我窘得急急忙忙地把那一段报读完，就跑回位上去，用双手把通红的脸捂了起来，同学们都看着我笑。一年下来，我逐渐磨练出来了，而且还喜欢有这个发表意见的机会。我觉得这训练得好，使我以后在群众的场合，敢于从容地作即席发言。

我入学不久，就遇到贝满中斋建校五十年的纪念，我是个小班学生，又是走读，别的庆祝活动，我都没有印象了。

只记得那一天有许多来宾和校友来观看我们班的体操表演。体育教师是一个美国人，她叫我们做下肢运动的口令是："左脚往左撇，回来！右脚往右撇，回来！"我们大家使劲忍着笑，把嘴唇都咬破了！

第一学年的下半季，一九一五年的一月日本军国政府向袁世凯政府提出了灭亡中国的"二十一条"，五月七日又提出了"最后通牒"，那时袁世凯正密谋称帝，想换取日帝对他的支持，在五月九日公然接受了日本的要求。这遭到了全国人民的强烈反对，各地掀起了大规模的讨袁抗日爱国运动。我们也是群情愤激，和全北京的学生在一起，冲出校门，由我们学生会的主席、斋四同学李德全带领着，排队游行到了中央公园（现在的中山公园），在万人如海的讲台上，李德全同学慷慨陈词，我记得她愤怒地说："别轻看我们中国人！我们四万万人一人一口唾沫，还会把日本兵淹死呢！"我们纷纷交上了爱国捐，还宣誓不买日货。我满怀悲愤地回到家来，正看见父亲沉默地在书房墙上贴上一张白纸，是用岳飞笔迹横写的"五月七日之事"六个大字。父亲和我都含着泪，久久地站在这幅横披的下面，我们互相勉励永远不忘这个国耻纪念日！

到了一九一五年的十二月十二日，那是我在斋二这年的上半季，袁世凯公然称帝了，改民国五年为"洪宪"元年，他还封副总统黎元洪为"武义亲王"，把他软禁在中南海的瀛台里。黎元洪和我父亲是紫竹林水师学堂的同级生，不过我父亲学的是驾驶，他学的是管轮，许多年来，没有什么来往。民国成立后，他当了副总统，住东厂胡同，他曾请我父亲去玩，父亲都没有去。这时他住进了瀛台，父亲倒有时去看他，说是同他在木炕上下棋——我从来不知道父亲会下棋——每次去看他以前，父亲都在制服呢裤下面多穿一条绒布裤子，说是那里房内很冷。

这时全国又掀起了“护国运动”，袁世凯的皇帝梦只做了八十三天就破灭了。校园内暂时恢复了平静。我们的《圣经》课已从《旧约》读到了《新约》，我从《福音》书里了解了耶稣基督这个“人”。我看到一个穷苦木匠家庭的私生子，竟然能有那么多信从他的人，而且因为宣传“爱人如己”，而被残酷地钉在十字架上，这个形象是可敬的。但我对于“三位一体”“复活”等这类宣讲，都不相信，也没有入教做个信徒。

贝满中斋的课外活动，本来很少，在我斋三那一年，一九一七年的暑假，我和一些同学参加了女青年会在西山卧佛寺举办的夏令会。我们坐洋车到了西直门，改骑小驴去西山。这是我到北京以后的第一次郊游，我感到十分兴奋。忆起童年骑马的快事，便把小驴当成大马，在土路上扬鞭驰骋，同学当中我是第一个到达卧佛寺的！在会上我们除开会之外还游了山景，结识了许多其他女校的同学，如天津的中西女校的学生。她们的衣着比我们讲究。我记得当女青年会干事们让陈克俊和我在一个节目里表演“天使”的时候，白绸子衣裙就是向中西女校的同学借的。

开完会回家，北京市面已是乱哄哄的了。谣言很多，说是南北军阀之间正在酝酿什么大事，张勋的辫子军要进京调停。辫子军纪律极坏，来了就会到人家骚扰。父亲考虑后就让母亲带我们姐弟，到烟台去暂避一时。

我最喜欢海行，可是这次从塘沽到烟台的船上，竟拥挤得使我们只买到货舱的票。下到沉黑的货舱，里面摆的是满舱的大木桶。我们只好在凸凹不平的桶面上铺了席子。母亲一边挥汗，一边还替我们打扇。过了黑暗、炎热、窒息、饥渴的几十小时，好容易船停了，钻出舱来，呼吸着迎面的海风，举目四望，童年的海山，又罗列在我面前，心里真不知是悲是喜！

父亲的朋友、烟台海军学校校长曾恭甫伯伯，来接我们。让我们住在从前房子的西半边。在烟台这一段短短时间里，我还带弟弟们到海边去玩了几次，在《往事（一）》中也描写过我当时的心境。人大了些，海似乎也小些了，但对面芝罘岛上灯塔的灯光，却和以前一样，一闪一闪地在我心上跳跃！

复辟的丑剧，从一九一七年七月一日起，只演了十二天。我们很快就回到北京，准备上学。

贝满中斋扎扎实实的四个年头过去了，一九一八年的夏天，我们毕业时全班只有十八个人。我以最高的分数，按照学校的传统，编写了“辞师别友”的歌词，在毕业会上做了“辞师别友”的演说。我的同班从各教会中学升上来的，从此多半都回到母校去教书，风流云散了！只有我和吴搂梅、邝淑贞和她的妹妹，我们这些没有教学的义务的，升入了协和女子大学预科。

我以十分激动的心情，来写这四年认真严肃的生活。这训练的确约束了我的“野性”，使我在进入大学的丰富多彩的生活以前，准备好一个比较稳静的起步。

一九八四年三月十四日。

（原载《收获》1984年第4期）

我的大学生涯

这是我自传的第五部分了（一、我的故乡。二、我的童年。三、我到了北京。四、我入了贝满中斋。），每段都只有几千字，因为我不惯于写叙述性的文章，而且回忆时都是些零碎的细节，拼在一起又太繁琐了。但是在我的短文里，关于这一段时期的叙述是比较少的，而这一段却是我一生中最热闹、最活跃、精力最充沛的一段！

我从贝满中斋毕了业，就直接升入了协和女子大学。我选的是理预科，因为我一心一意想学医，对于数、理、化的功课，十分用功，成绩也好。至于中文呢，因为那时教会学校请的中文老师，多半是前清的秀才或举人，讲的都是我在家塾里或自己读过的古文，他们讲书时也不会旁征侧引，十分无趣。我入了理科，就埋头苦学，学校生活如同止水一般地静寂，只有一件事，使我永志不忘！

我是在夏末秋初，进了协和女子大学的校门的，这协和女大本是清朝的佟王府第，在大门前抬头就看见当时女书法家吴之瑛女士写的“协和女子大学校”的金字蓝地花边的匾额。走进二门，忽然看见了由王府前三间大厅改成的大礼堂的长廊下，开满了长长的一大片猩红的大玫瑰花！这是玫瑰花第一次打进了我的眼帘，从此我就一辈子爱上了这我认为是艳冠群芳、又有风骨的花朵，又似乎是她揭开了我生命中最绚烂的一页。

理科的功课是严紧的，新的同学们更是来自五湖四海，大多数比我大好几岁。除了从贝满女中升上来的同学以外，我又结识了许多同学。那时我弟弟们也都上学了。在大学我仍是走读，每天晚餐后，和弟弟们在饭桌旁各据一方，一面自己温课，一面帮助他们学习，看到他们困倦了时，就立起来同他们做些游戏。早起我自己一面梳头的时候，一面还督促他们“背书”。现在回忆起来，在这些最单调的日子里，我只记得在此期间有一次的大风沙，那时北京本有“无风三尺土，有雨一街泥”的谚语，春天风多风大，不必说了。而街道又完全是黄土铺的，每天放学回来总得先洗脸，洗脖子。我记得这一天下午，我们正在试验室里，由一位美国女教师带领着，解剖死猫，忽然狂风大作，尘沙蔽天，电灯也不亮了，连注射过红药水的猫的神经，都看不出来了。教师只得皱眉说："先把死猫盖上布，收在橱子里吧，明天晴了再说。"这时住校的同学都跑回到自己屋里去了。我包上很厚的头巾，在扑面的尘沙中抱肩低头、昏天黑地地走回家里，看见家里廊上窗台上的沙土，至少有两寸厚。

其实这种大风沙的日子，在当时的北京并不罕见，只因后来我的学校生活，忽然热闹而繁忙了起来，也就记不得天气的变迁了！

在理预科学习的紧张而严肃的日子，只过了大半年，到了第二年—— 一九一九年——"五四"运动起来了，我虽然是个班次很低的"大学生"，也一下子被卷进了这兴奋而伟大的运动。关于这一段我写过不少，在此就不多说了。我要说的就是我因为参加运动又开始写些东西，耽误了许许多多理科实验的功课，幸而理科老师们还能体谅我，我敷敷衍衍地读完了两年理科，就转入文科，还升了一班！

改入文科以后，功课就轻松多了！就是这一年—— 一九二〇年，协和女子大学，同通州的潞河大学和北京的协和大学合并成燕京大学。校长是司徒雷登。我们协和女子大学就改称"燕大女校"。有的功课是在男校上课，如"哲学""教育学"等，有的是在女校上的，如"社会学""心理学"等。在男校上课时，我们就都到男校所在地的盔甲厂去。当时男女合校还是一件很新鲜的事，因此我们都很拘谨，在到男校上课以前，都注意把头上戴的玫瑰花蕊摘下。在上课前后，也轻易不同男同学交谈。他们似乎也很腼腆。一般上课时我们都安静地坐在第一排，但当坐在我们后面的男同学，把脚放在我们椅子下面的横杠上，簌簌抖动的时候，我们就使劲地把椅子往前一拉，他们的脚就忽然砰的一声砸到地上。我们自然没有回头，但都忍住笑，也不知道他们伸出舌头笑了没有？

但是我们几个在全校的学生会里有职务的人，都不免常和男生接触，如校刊编辑部、班会等。我们常常开会，那时女校还有“监护人”制度，无论是白天或晚上，几个人或几十个人，我们的会场座后，总会有一位老师，多半是女教师，她自己拿着一本书在静静地看。这一切，连老师带学生都觉得又无聊，又可笑！

我是不怕男孩子的！自小同表哥哥、堂哥哥们同在惯了，每次吵嘴打架都是我得了“最后胜利”，回到家里，往往有我弟弟们的同学十几个男孩子围着我转。只是我的女同学们都很谦让，我也不敢“冒尖”，但是后来熟了以后，男同学们当面都说我“厉害”，说这些话的，就是许地山、瞿世英（菊农）、熊佛西这些人，他们同我后来也成了好朋友。

这时我在燕大女校“学生自治会”里，任务也多得很！自治会里有许多委员会——甚至有伙食委员会！因为我没有住校，自然不会叫我参加，但是其他的委员会，我就都被派上了！那时我们最热心的就是做社会福利工作，而每兴办一项福利工作，都得“自治会”自己筹款。最方便而容易的，就是演戏卖票！我记得我们演过许多“莎士比亚”的戏，如《威尼斯商人》《第十二夜》等等，那时我们英文班里正读着“莎士比亚”，美国女教师们都十分热心地帮助我们排练，设计服装、道具等等，我们演得也很认真卖力，记得有一次鲁迅先生和俄国盲诗人爱罗先珂来看过我们的戏——忘了是哪一出——鲁迅先生写过文章说爱罗先珂先生说我们演的比当时北京大学的某一出戏好得多。因此他和北大同学还引起了一番争论，北大同学说爱罗先珂先生是个盲人，怎能“看”出戏的好坏？我和鲁迅先生只谈过一次话，还是很短的，因为我负责请名人演讲，我记得请过鲁迅先生、胡适先生，还有吴贻芳先生……我主持演讲会，向听众同学介绍了主讲人以后，就只坐在讲台上听讲了——我和鲁迅先生的接触，就这么一次，我也不知道鲁迅先生是从哪一位同学手里买到戏票的。

这次演剧筹款似乎是我们要为学校附近佟府夹道的不识字的妇女们，义务开办一个“注音字母”学习班。自治会派我去当校长。我自己就没有学过注音字母，但是被委为校长，就意味着把找“校舍”——其实就是租用街道上一间空屋——招生、请老师——也就是请一个会教注音字母的同学——都由我包办下来。这一切，居然都很顺利。开学那一天，我去“训话”，看到讲台前坐的都是中年妇女。只前排右首坐着一个十分聪明俊俏的姑娘，听课后我过去和她搭话，她说：“我叫佟志云，十八岁，我识得字，只不过也想学学注音字母。”我想她可能是佟王后裔。她问我：“校长，您多大年纪了？”我笑着说：“反正比你大几岁！”

这时燕大女校已经和美国威尔斯利女子大学（Wellesley College）结成“姐妹学校”。我们女校里有好几位教师，都是威校的毕业生。忘了是哪一年，总在二十年代初期吧，威校的女校长来到我们校里访问，住了几天，受到盛大的欢迎。有一天她——我忘了她的名字——忽然提出要看看古老北京的婚礼仪式，女校主任就让学生们表演一次，给她开开眼。这事自然又落到我们自治会委员身上，除了不坐轿子以外，其他服装如凤冠霞帔、靴子、马褂之类，也都很容易地借来了，只是在演员的分配上，谁都不肯当新娘。我又是主管这个任务的人，我就急了，我说：“这又不是真的，只是逢场做戏而已。你们都不当，我也不等‘父母之命，媒妁之言’，我就当了！”于是我扮演了新娘。凌淑浩——凌叔华的妹妹，当了新郎。送新太太是陈克俊和谢兰蕙。扮演公公婆婆的是一位张大姐和一位李大姐，都是高班的学生，至今我还记得她们的面庞。她们以后在演比利时作家梅特林克的童话剧《青鸟》中，还是当了我的爷爷和奶奶，可是她们的名字，我苦忆了半天也想不起来！

那夜在女校教职员宿舍院里，大大热闹了一阵，又放鞭炮，又奏鼓乐。我们磕了不少的头！演到坐床撒帐的时候，我和淑浩在帐子里面都忍不住笑了起来，急得克俊和兰蕙直捂着我们的嘴！

我演的这些戏中，我最喜欢的还是《青鸟》，剧本是我从英文译的，演员也是我挑的，还到培元女子小学，请了几个小学生，都是我在西山夏令会里认识的小朋友。我在《关于女人》那本书内写的《我的同学》里，就写了和陈克俊在"光明宫"对话的那一段。这出剧里还有一只小狗，我就把我家养的北京长毛狗"狮子"也带上台了。我的小弟弟冰季，还怕我们会把"狮子"用绳子拴起，他就亲自跟来，抱着它悄悄地在后台坐着，等到它被放到台上，看见了我，它就高兴得围着我又蹦又跳，引得台下一片笑声。

总之，我的大学生涯是够忙碌热闹的，但我却没有因此而耽误了学习和写作。我的老师们对我都很好，尤其是我的英文老师鲍贵思（Grace Bognton）在我毕业的那一年春季，她就对我说："威尔斯利女大已决定给你两年的奖学金——就是每年八百美金的学、宿、膳费，让你读硕士学位。"——她自己就是威尔斯利的毕业生，她的母亲和她的几个妹妹也都是毕业于威校，可算是威校世家了——她对于母校感情很深，盛赞校园之美、校风之好，问我想不想去，我当然愿意。但我想一去两年，不知这两年之中，我的体弱多病的母亲，会不会出什么意外？我对家里什么人都没有讲过我的忧虑，只悄悄地问过我们最熟悉的医生孙彦科大夫，他是我小舅舅杨子玉先生的挚友，小舅舅介绍他来给母亲看过病。后来因为孙大夫每次到别处出诊路过我家，也必进来探望，我们熟极了。他称我父亲为“三哥”，母亲为“三嫂”，有时只有我们孩子们在家，他也坐下和我们说笑。我问他我母亲身体不好，我能否离家两年之久？他笑了说：“当然可以，你母亲的身体不算太坏，凡事有我负责。”同时鲍女士还给我父亲写了信，问他让不让我去。父亲很客气地回了她一封信，说只要她认为我不会辜负她母校的栽培，他是同意我去美国的。这一切当时我还不好意思向同学们公开，依旧忙我的课外社会福利工作。

那几年也是家庭中多事之秋，记得就是在我上中学的末一年（?），我的舅舅杨子敬先生逝世了。他是我母亲唯一的亲哥哥。兄妹二人感情极好。我父亲被召到北京来时，母亲也请舅舅来京教我的三个弟弟，作为家庭教师。不过舅舅没有和我们住在一起，他们住在离中剪子巷不远的铁狮子胡同。忽然有一天早晨，舅家的白妈，气急败坏地来对我母亲说，从昨天下午起舅舅肚子痛得厉害，呕吐了一夜，现在已经不能说话了。我想这病可能是急性盲肠炎。——那时父亲正不在家，他回到福州，去庆祝祖父的八十大寿了。——等母亲和我们赶到时，舅舅已经断气了。这事故真像晴天霹雳一般，我们都哭得泪干声咽！母亲还能勉强镇定地办着后事，这是我生平第一次看见死人入殓！我的大弟弟为涵，还悄悄地对我说："装舅舅的那个大匣子，靠头那一边，最好开一个窟窿，省得他在那里头出不了气。"我哭得更伤心了，我说："他要是还能喘气，就不用装进棺材里去了！"

记得父亲回福州的时期，我还写了几首祝贺祖父大寿的诗，请他带回去，现在只记得一首：

> 浮踪万里客幽燕，
> 恰值太公八秩年。
> 自笑菲才惭咏絮，
> 也裁诗句谱新篇。

反正都是歪诗，写出来以助一笑。

等到父亲从福州回来，舅母和表弟妹们已搬进我家的三间西厢房，从前舅舅教弟弟们读书的屋子里。从此弟弟也都进入了小学校。

此后，大约是我在大学的时候，福州家里忽然来了一封电报说是祖父逝世了，这对我们又是一个极大的打击！我父亲星夜奔丧，我忽然记起在一九一二年我离开故乡的时候，祖父曾悄悄地将他写的几副自挽联句，交给我收着，说"谁也不让看，将来有用时，再拿出来”。我真的就严密地收起，连父母亲都不知道。这时我才拿出来给父亲带回，这挽联有好几对。有一联大意是说他死后不要僧道唪经，因为他不信神道，而且相信自己生平也没有造过什么冤孽，怎么写的我不记得了。有一联我却记得很清楚，是：

有子万事足，有子有孙又有曾孙，足，足，足；
无官一身轻，无官无累更无债累，轻，轻，轻。

父亲办完丧事，回来和我们说：祖父真可算是“无疾而终”。那一天是清明，他还带着伯叔父和堂兄们步行到城外去扫墓，但当他向坟台上捧献祭品时，双手忽然颤抖起来，二伯父赶紧上前接过去。跪拜行礼时也还镇定自如，回来也坚持不坐轿子，说是走动着好。回到家后，他说似乎觉得累了一点，要安静躺一会子，他自己上了床，脸向里躺下，叫大家都出去。过不了一会，伯父们悄悄进去看时祖父已经没有呼吸了，脸上还带着安静的微笑！我记得他的终年是八十六岁。

这时已是一九二三年的春季，我该忙我的毕业论文了。文科里的中国文学老师是周作人先生。他给我们讲现代文学，有时还讲到我的小诗和散文，我也只低头听着，课外他也从来没有同我谈过话。这时因为必须写毕业论文，我想自己对元代戏曲很不熟悉，正好趁着写论文机会，读些戏曲和参考书。我把论文题目《元代的戏曲》和文章大纲，拿去给周先生审阅。他一字没改就退回给我，说“你就写吧”。于是在同班们几乎都已交出论文之后，我才匆匆忙忙地把毕业论文交了上去。

就在这时我的吐血的病又发作了。我母亲也有这个病，每当身体累了或是心绪不好，她就会吐血。我这次的病不消说，是我即将离家的留恋之情的表现。老师们和父母都十分着急，带我到协和医院去检查。结果从透视和其他方面，都找不出有肺病的症状。医生断定是肺气枝涨大，不算什么大病症。那时我的考上协和医学院的同学们和林巧稚大夫——她也还是学生，都半开玩笑地和我说：“这是天才病！不要胡思乱想，心绪稳定下来就好。”

于是我一面预备行装，一面结束学业。在毕业典礼台上，我除了得到一张学士文凭之外，还意外地得到了一把荣誉奖的金钥匙。

这一年的八月三日，我离开北京到上海准备去美。临行以前，我的弟弟们和他们的小朋友们，再三要求我常给他们写信，我答应了。这就是我写那本《寄小读者》的“灵感”！

八月十七日，美国邮船杰克逊总统号就把带着满腔离愁的我，从“可爱的海棠叶形的祖国”载走了！我写过一首诗：

她是翩翩的乳燕，
　横海漂游，
月明风紧，
　不敢停留——
在她频频回顾的
　飞翔里
总带着乡愁！

我在国内的大学生涯，从此结束。在我的短文里，写得最少的，就是这一段，而在我的回忆中，最惬意的也就是这一段，提起笔来，就说个没完了！

一九八五年三月十八日。

（原载《收获》1985年第4期）

南　归

——贡献给母亲在天之灵

去年秋天，楫自海外归来，住了一个多月又走了。他从上海十月三十日来信说："……今天下午到母亲墓上去了，下着大雨。可是一到墓上，阳光立刻出来。母亲有灵！我照了六张相片。照完相，雨又下起来了。姊姊！上次离国时，母亲在床上送我，嘱咐我，不想现在是这样的了！……"

我的最小偏怜的海上漂泊的弟弟！我这篇《南归》，早就在我心头，在我笔尖上。只因为要瞒着你，怕你在海外孤身独自，无人劝解时，得到这震惊的消息，读到这一切刺心刺骨的经过。我挽住了如澜的狂泪，直待到你归来，又从我怀中走去。在你重过飘泊的生涯之先，第一次参拜了慈亲的坟墓之后，我才来动笔！你心下一切都已雪亮了。大家战栗相顾，都已做了无母之儿，海枯石烂，世界上慈怜温柔的恩福，是没有我们的份了！我纵然尽写出这深悲极恸的往事，我还能在你们心中，加上多少痛楚?！我还能在你们心中，加上多少痛楚?！

现在我不妨解开血肉模糊的结束，重理我心上的创痕。把心血呕尽，眼泪倾尽，和你们恣情开怀的一恸，然后大家饮泣收泪，奔向母亲要我们奔向的艰苦的前途！

我依据着回忆所及，并参阅藻的日记，和我们的通信，将最鲜明，最灵活，最酸楚的几页，一直写记了下来。我的握笔的手，我的笔儿，怎想到有这样运用的一天！怎想到有这样运用的一天！

前冬十二月十四日午，藻和我从城中归来，客厅桌上放着一封从上海来的电报，我的心立刻震颤了。急忙地将封套拆开，上面是“……母亲云，如决回，提前更好”，我念完了，抬起头来，知道眼前一片是沉黑的了！

藻安慰我说：“这无非是母亲想你，要你早些回去，决不会怎样的。”我点点头。上楼来脱去大衣，只觉得全身战栗，如冒严寒。下楼用饭之先，我打电话到中国旅行社买船票。据说这几天船只非常拥挤，须等到十九日顺天船上，才有舱位，而且还不好。我说无论如何，我是走定了。即使是猪圈，是狗窦，只要能把我渡过海去，我也要蜷伏几宵——就这样地定下了船票。

夜里如同睡在冰穴中，我时时惊跃。我知道假如不是母亲病的危险，父亲决不会在火车断绝，年假未到的时候，催我南归。他拟这电稿的时候，虽然有万千的斟酌使词气缓和，而背后隐隐的着急与悲哀是掩不住的——藻用了无尽的言语来温慰我；说身体要紧，无论怎样，在路上，在家里，过度的悲哀与着急，都与自己母亲是无益有害的。这一切我也知道，便饮泪收心地睡了一夜。

以后的几天，便消磨在收拾行装，清理剩余手续之中。那几天又特别地冷。朔风怒号，楼中没有一丝暖气。晚上藻和我总是强笑相对，而心中的怔忡，孤悬，恐怖，依恋，在不语无言之中，只有钟和灯知道了！

杰还在学校里，正预备大考。南归的消息，纵不能瞒他，而提到母亲病的推测，我们在他面前，总是很乐观的，因此他也还坦然。天晓得，弟弟们都是出乎常情地信赖我。他以为姊姊一去，母亲的病是不会成问题的。可怜的孩子，可祝福的无知的信赖！

十八日的下午四时二十五分的快车，藻送我到天津。这是我们蜜月后的第一次同车，虽然仍是默默地相挨坐着，而心中的甜酸苦乐，大不相同了！窗外是凝结的薄雪，窗隙吹进砭骨的冷风，斜日黯然，我已经觉得腹痛。怕藻着急，不肯说出，又知道说了也没用，只不住地喝热茶。七点多钟到天津，下了月台，我已痛得走不动了。好容易挣出站来，坐上汽车，径到国民饭店，开了房间，我一直便躺在床上。藻站在床前，眼光中露出无限的惊惶："你又病了？"我呻吟着点一点头。——我以后才发现这病是慢性的盲肠炎。这病根有十年了，一年要发作一两次。每次都痛彻心腑，痛得有时延长至十二小时。行前为预防途中复发起见，曾在协和医院仔细验过，还看不出来。直到以后从上海归来，又患了一次，医生才绝对地肯定，在协和开了刀，这已是第二年三月中的事了。

这夜的痛苦，是逐秒逐分地加紧，直到夜中三点。我神志模糊之中，只觉得自己在床上起伏坐卧，呕吐，呻吟，连藻的存在都不知道了。中夜以后，才渐渐地缓和，转过身来对坐在床边拍抚着我的藻，作颓乏的惨笑。他也强笑着对我摇头不叫我言语。慢慢地替我卸下大衣，严严地盖上被。我觉得刚一闭上眼，精魂便飞走了！

醒来眼里便满了泪：病后的疲乏，临别的依恋，眼前旅行的辛苦，到家后可能的恐怖的事实，都到心上来了。对床的藻，正做着可怜的倦梦。一夜的劳瘁，我不忍唤醒他，望着窗外天津的黎明，依旧是冷酷的阴天！我思前想后，除了将一切交给上天之外，没有别的方法了！

这一早晨，我们又相倚地坐着。船是夜里十时开，藻不能也不敢说出不让我走的话，流着泪告诉我："你病得这样！我是个穷孩子，忍心的丈夫。我不能陪你去，又不能替你预备下好舱位，我让你自己在这时单身走！……"他说着哽咽了。我心中更是甜酸苦辣，不知怎么好，又没有安慰他的精神与力量，只有无言地对泣。

还是藻先振起精神来，提议到梁任公家里，去访他的女儿周夫人，我无力地赞成了。到那里蒙他们夫妇邀去午饭。席上我喝了一杯白兰地酒，觉得精神较好。周夫人对我提到她去年的回国，任公先生的病以及他的死。悲痛沉挚之言，句句使我闻之心惊胆跃，最后实在坐不住，挣扎着起来谢了主人。发了一封报告动身的电报到上海，两点半钟便同藻上了顺天船。

房间是特别官舱，出乎意外地小！又有大烟囱从屋角穿过。上铺已有一位广东太太占住，箱儿篓儿，堆满了一屋。幸而我行李简单，只一副卧具，一个手提箱。藻替我铺好了床，我便蜷曲着躺下。他也蜷伏着坐在床边。门外是笑骂声，叫卖声，喧呶声，争竞声；杂着油味，垢腻味，烟味，咸味，阴天味；一片的拥挤，窒塞，纷扰，叫嚣！我忍住呼吸，闭着眼。藻的眼泪落在我的脸上："爱，我恨不能跟了你去！这种地方岂是你受得了的！"我睁开眼，握住他的手："不妨事，我原也是人类中之一！"

直挨到夜中九时，烟囱旁边的横床上，又来了一位女客，还带着一个小女儿。屋里更加紧张拥挤了，我坐了起来，拢一拢头发，告诉藻：“你走罢，我也要睡一歇，这屋里实在没有转身之地了！”因着早晨他说要坐三等车回北平去，又再三地嘱咐他：“天气冷，三等车上没有汽炉，还是不坐好。和我同甘苦，并不在于这情感用事上面！”他答应了我，便从万声杂沓之中挤出去了。

——到沪后，得他的来信说：“对不起你，我毕竟是坐了三等车。试想我看着你那样走的，我还有什么心肠求舒适？即此，我还觉得未曾分你的辛苦于万一！更有一件可喜的事，我将剩下的车费在市场的旧书摊上，买了几本书了……”——

这几天的海行，窗外只看见塘沽的碎裂的冰块，和大海的洪涛。人气蒸得模糊的窗眼之内，只听得人们的呕吐。饭厅上，茶房连迭声叫“吃饭咧！”以及海客的谈时事声，涕唾声。这一百多钟头之中，我已置心身于度外，不饮不食，只求能睡，并不敢想到母亲的病状。睡不着的时候，只瞑目遐思夏日蜜月旅行中之西湖莫干山的微蓝的水，深翠的竹，以求超过眼前地狱景况于万一！

二十二日下午，船缓缓地开进吴淞口，我赶忙起来梳头着衣，早早地把行装收拾好。上海仍是阴天！我推测着数小时到家后可能的景况，心灵上只有战栗，只有祈祷！江上的风吹得萧萧的。寒星般的万船楼头的灯火，照映在黄昏的深黑的水上，画出弯颤的长纹。晚六时，船才缓缓地停在浦东。我又失望，又害怕，孤身旅行，这还是第一次。这些脚夫和接水，我连和他们说话的胆量都没有，只把门紧紧地关住，等候家里的人来接。直等到七点半，客人们都已散尽，连茶房都要下船去了。无可奈何，才开门叫住了一个中国旅行社的接客，请他照应我过江。

我坐在颠簸的摆渡上，在水影灯光中，只觉得不时摇过了黑而高大的船舷下，又越过了几只横渡的白篷带号码的小船。在料峭的寒风之中，淋漓精湿的石阶上，踏上了外滩。大街楼顶广告上的电灯联成的字，仍旧追逐闪烁着。电车仍旧是隆隆不绝地往来地走着。我又已到了上海！万分昏乱地登上旅行社运箱子的汽车，连人带箱子从几个又似迅速又似疲缓的转弯中，便到了家门口。

按了铃，元来开门，我头一句话，是："太太好了么？"他说："好一点了。"我顾不得说别的，便一直往楼上走。父亲站在楼梯的旁边接我。走进母亲屋里，华坐在母亲床边，看见我站了起来。小菊倚在华的膝旁，含羞的水汪汪的眼睛直望着我。我也顾不得抱她，我俯下身去，叫了一声："妈！"看母亲时，真病得不成样子了！所谓"骨瘦如柴"者，我今天才理会得！比较两月之前，她仿佛又老了二十岁。额上似乎也黑了。气息微弱到连话也不能说一句，只用悲喜的无主的眼光看着我……

父亲告诉我电报早接到了。涵带着苑从下午五时便到码头去了，不知为何没有接着。这时小菊在华的推挽里，扑到我怀中来，叫了一声“姑姑”。小脸比从前丰满多了，我抱起她来，一同伏到母亲的被上。这时我的眼泪再也止不住了，赶紧回头走到饭厅去。

涵不久也回来了，脸冻得通红——我这时方觉得自己的腿脚，也是冰块一般的僵冷。——据说是在外滩等到七时。急得不耐烦，进到船公司去问，公司中人待答不理地说：“不知船停在哪里，也许是没有到罢！”他只得转了回来。

饭桌上大家都默然。我略述这次旅行的经过，父亲凝神看着我，似乎有无限的过意不去。华对我说发电叫我以后，才告诉母亲的，只说是我自己要来。母亲不言语，过一会子说：“可怜的，她在船上也许时刻提心吊胆地想到自己已是没娘的孩子了！”

饭后涵华夫妇回到自己的屋里去。我同父亲坐在母亲的床前。母亲半闭着眼，我轻轻地替她拍抚着。父亲悄声地问：“你看母亲怎样？”我不言语，父亲也默然，片晌，叹口气说：“我也看着不好，所以打电报叫你，我真觉得四无依傍——我的心都碎了！……”

此后的半个月，都是侍疾的光阴了。不但日子不记得，连昼夜都分不清楚了！一片相连的是母亲仰卧的瘦极的睡容，清醒时低弱的语声和憔悴的微笑，窗外的阴郁的天，壁炉中发爆的煤火，凄绝静绝的半夜炉台上滴答的钟声，黎明时四壁黯然的灰色，早晨开窗小立时蒙蒙的朝雾！在这些和泪的事实之中，我如同一个无告的孤儿，独自赤足拖踏过这万重的火焰！

在这一片昏乱迷糊之中，我只记得侍疾的头几天，我是每天晚上八点就睡，十二点起来，直至天明。起来的时候，总是很冷。涵和华摩挲着忧愁的倦眼，和我交替。我站在壁炉边穿衣裳，母亲慢慢地侧过头来说："你的衣服太单薄了，不如穿上我的黑骆驼绒袍子，省得冻着！"我答应了，她又说："我去年头一次见藻，还是穿那件袍子呢。"

她每夜四时左右，总要出一次冷汗，出了汗就额上冰冷。在那时候，总要喝南枣北麦汤，据说是止汗滋补的。我恐她受凉，又替她缝了一块长方的白绒布，轻轻地围在额上。母亲闭着眼微微地笑说："我像观世音了。"我也笑说："也像圣母呢！"

因着骨痛的关系，她躺在床上，总是不能转侧。她瘦得只剩一把骨了，褥子嫌太薄，被又嫌太重。所以褥子底下，垫着许多棉花枕头，鸭绒被等，上面只盖着一层薄薄的丝绵被头。她只仰着脸在半靠半卧的姿势之下，过了我和她相亲的半个月，可怜的病弱的母亲！

夜深人静，我偎卧在她的枕旁。若是她精神较好，就和我款款地谈话，语音轻得似天半飘来，在半朦胧半追忆的神态之中，我看她的石像似的脸，我的心绪和眼泪都如潮涌上。她谈着她婚后的暌离和甜蜜的生活，谈到幼年失母的苦况，最后便提到她的病，她说：“我自小千灾百病的，你父亲常说：‘你自幼至今吃的药，总集起来，够开一间药房的了。’真是我万想不到，我会活到六十岁！男婚女嫁，大事都完了。人家说，‘久病床前无孝子’，我这次病了五个月，你们真是心力交瘁！我对于我的女儿，儿子，媳妇，没有一毫的不满意。我只求我快快地好了，再享两年你们的福……”我们心力交瘁，能报母亲的恩慈于万一么？母亲这种过分爱怜的话语，使听者伤心得骨髓都碎了！

如天之福，母亲临终的病，并不是两月前的骨风。可是她的老病“胃痛”和“咳嗽”又回来了。在每半小时一吃东西之外，还不住地要服药，如“胃活”“止咳丸”之类，而且服量要每次加多。我们知道这些药品都含有多量的麻醉性的，起先总是竭力阻止她多用。几天以后，为着她的不能支持的痛苦，又渐渐地知道她的病是没有痊愈的希望，只得咬着牙，忍着心肠，顺着她的意思，狂下这种猛剂，节节地暂时解除她突然袭击的苦恼。

此后她的精神愈加昏弱了，日夜在半醒不醒之间。却因着咳嗽和胃痛，不能睡得沉稳，总得由涵用手用力地替她揉着，并且用半催眠的方法，使她入睡。十二月二十四夜，是基督降生之夜。我伏在母亲的床前，终夜在祈祷的状态之中！在人力穷尽的时候，宗教的倚天祈命的高潮，淹没了我的全意识。我觉得我的心香一缕勃勃上腾，似乎是哀求圣母，体恤到婴儿爱母的深情，而赐予我以相当的安慰。那夜街上的欢呼声，爆竹声不停。隔窗看见我们外国邻人的灯彩辉煌的圣诞树，孩子们快乐的歌唱跳跃，在我眼泪模糊之中，这些都是针针的痛刺！

半夜里父亲低声和我说："我看你母亲的身后一切该预备了，旧式的种种规矩，我都不懂。而且我看也没有盲从的必要。关于安葬呢——你想还回到故乡去么？山遥水隔的，你们轻易回不去，年深月久，倒荒凉了，是不是？不过这须探问你母亲的意思。"我说："父亲说出这话来，是最好不过的了。本来这些迷信禁忌的办法，我们所以有时曲从，都是不忍过拂老人家的意思。如今父亲既不在乎这些，母亲又是个最新不过的人。纵使一切犯忌都有后验，只要母亲身后的事能舒舒服服地办过去，千灾五毒，都临到我们四个姊弟身上，我们也是甘心情愿的！"

——第二天我们便托了一位亲戚到万国殡仪馆接洽一切，钢棺也是父亲和我亲自选定的。这些以后在我寄藻和杰的信中，都说得很详细。——

这样又过了几天。母亲有时稍好，微笑地躺着。小菊爬到枕边，捧着母亲的脸叫"奶奶"。华和我坐在床前，谈到秋天母亲骨痛的时候，有时躺在床上休息，有时坐在廊前大椅上晒太阳，旁边几上总是供着一大瓶菊花。母亲说："是的，花朵儿是越看越鲜，永远不使人厌倦的。病中阳光从窗外进来，照在花上，我心里便非常地欢畅！"母亲这种爱好天然的性情，在最深的病苦中，仍是不改。她的骨痛，是由指而臂，而肩背，而膝骨，渐渐下降，全身僵痛，日夜如在桎梏之中，偶一转侧，都痛彻心腑。假如我是她，我要痛哭，我要狂呼，我要咒诅一切，弃掷一切。而我的最可敬爱的母亲，对于病中的种种，仍是一样地接受，一样地温存。对于儿女，没有一句性急的话语；对于奴仆，却更加一倍地体恤慈怜。对于这些无情的自然，如阳光，如花卉，在她的病的静息中，也加倍地温煦馨香。这是上天赐予，惟有她配接受享用的一段恩福！

我们知道母亲决不能过旧历的新年了，便想把阳历的新年，大大地点缀一下。一清早起来，先把小菊打扮了，穿上大红缎子棉袍，抱到床前，说给奶奶拜年。桌上摆上两盘大福橘，炉台窗台上的水仙花管，都用红纸条束起，又买了十几盏小红纱灯，挂在床角上，炉台旁，电灯下。我们自己也略略地妆扮了，——我那时已经有十天没有对镜梳掠了！我觉得平常过年，我们还没有这样地起劲！到了黄昏我将十几盏纱灯点起挂好之后，我的眼泪，便不知是从哪里来的，一直流个不断了！

有谁经过这种的痛苦？你的最爱的人，抱着最苦恼的病，要在最短的时间内从你的腕上臂中消逝；同时你要佯欢诡笑地在旁边伴着，守着，听着，看着，一分一秒地爱惜恐惧着这同在的光阴！这样的生活，能使青年人老，老年人死，在天堂上的人，下了地狱！世界有这样痛苦的人呵，你们都有了我的最深极厚的同情！

裁缝来了，要裁做母亲装裹的衣裳。我悄悄地把他带到三层楼上。母亲平时对于穿着，是一点不肯含糊的。好的时候遇有出门，总是把要穿的衣服，比了又比，看了又看，熨了又熨。所以这次我对于母亲寿衣的材料，颜色，式样，尺寸，都不厌其详地叮咛嘱咐了。告诉他都要和好人的衣裳一样的做法。若含糊了要重做的。至于外面的袍料，帽子，袜子，手套等，都是我偷出睡觉的时间来，自己去买的。那天上海冷极，全市如冰。而我的心灵，更有万倍的僵冻！

回来脱了外衣，走到母亲跟前。她今天又略好了些，问我："睡足了么？"我笑说："睡足了。"因又谈起父亲的生日——阳历一月三日，阴历十二月四日——快到了。父亲是在自己生日那天结婚的。因着母亲病了，父亲曾说过不做生日，而父母亲结婚四十年的纪念，我们却不能不庆祝。这时父亲、涵、华等都在床前，大家凑趣谈笑，我们便故作娇痴地伴问母亲做新娘时的光景。母亲也笑着，眼里似乎闪烁着青春的光辉。她告诉我们结婚的仪式，赠嫁的妆奁，以及佳礼那天怎样地被花冠压得头痛。我们都笑了。爬在枕边的小菊看见大家笑，也莫名其妙地大声娇笑。这时，眼前一切的悲怀，似乎都忘却了。

第二天晚上为父亲暖寿。这天母亲又不好，她自己对我说："我这病恐怕不能好了。我从前看弹词，每到人临危的时候总是说'一日轻来一日重，一日添症八九分'，便是我此时的景象了。"我们都忙笑着解释，说是天气的关系，今天又冷了些。母亲不言语。但她的咳嗽，愈见艰难了，吐一口痰，都得有人使劲地替她按住胸口。胃痛也更剧烈了，每次痛起，面色惨变。——晚上，给父亲拜寿的子侄辈都来了。涵和华忙着在楼下张罗。我仍旧守在母亲旁边。母亲不住地催我，快拢拢头，换换衣服，下楼去给父亲拜寿。我含着泪答应了。草草地收拾毕，下得楼来，只看见寿堂上红烛辉煌，父亲坐在上面，右边并排放着一张空椅子。我一跪下，眼泪突然地止不住了，一翻身赶紧就上楼去，大家都默然相视无语。

夜里母亲忽然对我提起她自己儿时侍疾的事了："你比我有福多了，我十四岁便没了母亲！你外祖母是痨病，那年从九月九卧床，就没有起来。到了腊八就去世了。病中都是你舅舅和我轮流伺候着。我那时还小，只记得你外祖母半夜咽了气，你外祖父便叫老妈子把我背到前院你叔祖母那边去了。从那时起，我便是没娘的孩子了。”她叹了一口气，“腊八又快到了。”我那时真不知说什么好。母亲又说：“杰还不回来——算命的说我只有两孩子送终，有你和涵在这里，我也满意了。”

父亲也坐在一边，慢慢地引她谈到生死，谈到故乡的茔地。父亲说：“平常我们听说的‘狐死首丘’，其实也不是……”母亲便接着说：“其实人死了，只剩一个躯壳，丢在哪里都是一样。何必一定要千山万水地运回去，将来糊口四方的子孙们也照应不着。”

现在回想，那时母亲对于自己的病势，似乎还模糊，而我们则已经默晓了，在轮替休息的时间内，背着母亲，总是以眼泪洗面。我知道我的枕头永远是湿的。到了时候，走到母亲面前，却又强笑着，谈些不要紧的宽慰的话。涵从小是个浑化的人，往常母亲病着，他并不会怎样地小心服侍。这次他却使我有无限的惊奇！他静默得像医生，体贴得像保姆。我在旁静守着，看他喂橘汁，按摩，那样子不像儿子服侍母亲，竟像父亲调护女儿！他常对我说：“病人最可怜，像小孩子，有话说不出来。”他说着眼眶便红了。

这使我如何想到其余的两个弟弟！杰是夏天便到塘沽工厂实习去了。母亲的病态，他算是一点没有看见。楫是十一月中旬走的。海上漂流，明年此日，也不见得会回来。母亲对于楫，似乎知道是见不着了，并没有怎样地念叨他。却常常地问起杰："年假快到了，他该回来了罢？"一天总问起三四次，到了末几天，她说："他知道我病，不该不早回！做母亲的一生一世的事，……"我默然，母亲哪里知道可怜的杰，对于母亲的病还一切蒙在鼓里呢！

十二月三十一夜，除夕。母亲自己知道不好，心里似乎很着急，一天对我说了好几次："到底请个大医生来看一看，是好是坏，也叫大家定定心。"其实那时隔一两天，总有医生来诊。照样地打补针，开止咳的药，母亲似乎腻烦了。我们立刻商量去请V大夫，他是上海最有名的德国医生，秋天也替她看过的。到了黄昏，大夫来了。我接了进来，他还认得我们，点首微笑。替母亲听听肺部，又慢慢地扶她躺下，便走到桌前。我颤声地问："怎么样？"他回头看了看母亲："病人懂得英文么？"我摇一摇头，那时心胆已裂！他低声说："没有希望了，现时只图她平静地度过最后的几天罢了！"

本来是我们意识中极明了的事，却经大夫一说破，便似乎全幕揭开了。一场悲惨的现象，都跳跃了出来！送出大夫，在甬道上，华和我都哭了，却又赶紧地彼此解劝说："别把眼睛哭红了，回头母亲看出，又惹她害怕伤心。"我们拭了眼泪，整顿起笑容，走进屋里，到母亲床前说："医生说不妨事的，只要能安心静息，多吃东西，精神健朗起来，就慢慢地会好了。"母亲点一点头。我们又说："今夜是除夕，明天过新历年了，大家守岁罢。”

领略人生，可是一件容易事？我曾说过种种无知、痴愚、狂妄的话语，我说：“我便愿遍尝了人生中之各趣；人生中之各趣，我便愿遍尝！”又说：“领略人生，要如滚针毡，用血肉之躯去遍挨遍尝，要它针针见血！”又说：“哀乐悲欢，不尽其致时，看不出生命之神秘与伟大。”其实所谓之“神秘”“伟大”，都是未经者理想企望的言词，过来人自欺解嘲的话语！我宁可做一个麻木、白痴、浑噩的人，一生在安乐、卑怯、依赖的环境中过活。我不愿知神秘，也不必求伟大！

话虽如此，而人生之逼临，如狂风骤雨。除了低头闭目战栗承受之外，没有半分方法。待到雨过天青，已另是一个世界。地上只有衰草，只有落叶，只有曾经风雨的凋零的躯壳与心灵。霎时前的浓郁的春光，已成隔世！那时你反要自诧！你曾有何福德，能享受了从前种种怡然畅然，无识无忧的生活！

我再不要领略人生，也更不要领略如十九年一月一日之后的人生！那种心灵上惨痛，脸上含笑的生活，曾碾我成微尘，绞我为液汁。假如我能为力，当自此斩情绝爱，以求免重过这种的生活，重受这种的苦恼！但这又有谁知道！

一月三日，是父亲的正寿日。早上便由我自到市上，买了些零吃的东西，如果品，点心，熏鱼，烧鸭之类。因为我们知道今晚的筵席，只为的是母亲一人。吃起整桌的菜来，是要使她劳乏的。到了晚上，我们将红灯一齐点起；在她床前，摆下一个小圆桌；桌上满满地分布着小碟小盘；一家子团团地坐下。把父亲推坐在母亲的旁边，笑说："新郎来了。"父亲笑着，母亲也笑了！她只尝了一点菜，便摇头叫"撤去罢，你们到前屋去痛快地吃，让我歇一歇"。我们便把父亲留下，自己到前头匆匆地胡乱地用了饭。到我回来，看见父亲倚在枕边，母亲蒙蒙眬眬地似乎睡着了。父亲眼里满了泪！我知道他觉得四十年的春光，不堪回首了！

如此过了两夜。母亲的痛苦，又无限量地增加了。肺部狂热，无论多冷，被总是褪在胸下；炉火的火焰，也隔绝不使照在脸上（这总使我想到《小青传》中之"痰灼肺然，见粒而呕"两语）。每一转动，都喘息得接不过气来。大家的恐怖心理，也无限量地紧张了。我只记得我日夜口里只诵祝着一句祈祷的话，是："上帝接引这纯洁的灵魂！"这时我反不愿看母亲多延日月了，只求她能恬静平安地解脱了去！到了夜半，我仍半跪半坐地伏在她床前，她看着我喘息着说："辛苦你了……等我的事情过去了，你好好地睡几夜，便回到北平去，那时什么事都完了。"母亲把这件大事说得如此平凡，如此稳静！我每次回想，只有这几句话最动我心！那时候我也不敢答应，喉头已被哽咽塞住了！

张妈在旁边，抚慰着我。母亲似乎又入睡了。张妈坐在小凳上，悄声地和我谈话，她说："太太永远是这样疼人的！秋天养病的时候，夜里总是看通宵的书，叫我只管睡去。半夜起来，也不肯叫我。我说：'您可别这样自己挣扎，回头摔着不是玩的。'她也不听。她到天亮才能睡着。到了少奶奶抱着菊姑娘过来，才又醒起。"

谈到母亲看的书，真是比我们家里什么人看的都多。从小说、弹词，到杂志、报纸，新的、旧的，创作的、译述的，她都爱看。平常好的时候，天天夜里，不是做活计，就是看书。总到十一二点才睡。晨兴绝早，梳洗完毕，刀尺和书，又上手了。她的针线匣里，总是有书的。她看完又喜欢和我们谈论，新颖的见解，总使我们惊奇。有许多新名词，我们还是先从她口中听到的，如"普罗文学"之类。我常默然自惭，觉得我们在新思想上反像个遗少，做了落伍者！

一月五夜，父亲在母亲床前。我困倦已极，侧卧在父亲床上打盹，被母亲呻吟声惊醒，似乎母亲和父亲大声争执。我赶紧起来，只听见母亲说："你行行好罢，把安眠药递给我，我实在不愿意再俄延了！"那时母亲辗转呻吟，面红气喘。我知道她的痛苦，已达极点！她早就告诉过我，当她骨痛的时候，曾私自写下安眠药名，藏在袋里，想到了痛苦至极的时候，悄悄地叫人买了，全行服下，以求解脱——这时我急忙走到她面前，万般地劝说哀求。她摇头不理我，只看着父亲。父亲呆站了一会，回身取了药瓶来，倒了两丸，放在她嘴里。她连连使劲摇头，喘息着说："你也真是……又不是今后就见不着了！"这句话如同兴奋剂似的，父亲眉头一皱，那惨肃的神宇，使我起栗。他猛然转身，又放了几粒药丸在她嘴里。我神魂俱失，飞也似的过去攀住父亲的臂儿，已来不及了！母亲已经吞下药，闭上口，垂目低头，仿佛要睡。父亲颓然坐下，头枕在她肩旁，泪下如雨。我跪在床边，欲呼无声，只紧紧地牵着父亲的手，凝望着母亲的睡脸。四周惨默，只有时钟滴答的声音。那时是夜中三点，我和父亲战栗着相倚至晨四时。母亲睡容惨淡，呼吸渐渐急促，不时地干咳，仍似日间那种咳不出来的光景，两臂向空抱捉。我急忙悄悄地去唤醒华和涵，他们一齐惊起，睡眼蒙眬地走到床前，看见这景象，都急得哭了。华便立刻要去请大夫，要解药，父亲含泪摇头。涵过去抱着母亲，替她抚着胸口。我和华各抱着她一只手，不住地在她耳边轻轻地唤着。母亲如同失了知觉似的，垂头不答。在这种状态之下，延至早晨九时。直到小菊醒了，我们抱她过来坐到母亲床上，教她抱着母亲的头，摇撼着频频地唤着"奶奶"。她唤了有几十声，在她将要急哭了的时候，母亲的眼皮，微微一动。我们都跃然惊喜，围拢了来，将母亲轻轻地扶起。母亲仍是蒙蒙眬眬的，只眼皮不时地动着。在这种状态之下，又延至下午四时。这一天的工夫，我们也没有梳洗，也不饮食，只围在床前，悬空挂着恐怖希望的心！这一天比十年还要长，一家里连雀鸟都住了声息！

四时以后母亲才半睁开眼，长呻了一声，说："我要死了！"她如同从浓睡中醒来一般，抬眼四下里望着。对于她服安眠药一事，似乎全不知道。我上前抱着母亲，说："母亲睡得好罢？"母亲点点头，说："饿了！"人家赶紧将久炖在炉上的鸡露端来，一匙一匙地送在她嘴里。她喝完了又闭上眼休息着。我们才欢喜地放下心来，那时才觉得饥饿，便轮流去吃饭。

那夜我倚在母亲枕边，同母亲谈了一夜的话。这便是三十年来末一次的谈话了！我说的话多，母亲大半是听着。那时母亲已经记起了服药的事，我款款地说："以后无论怎样，不能再起这个服药的念头了！母亲那种咳不出来，两手抓空的光景，别人看着，难过不忍得肝肠都断了。涵弟直哭着说：'可怜母亲不知是要谁？有多少话说不出来！'连小菊也都急哭了。母亲看……"母亲听着，半晌说："我自己一点不觉得痛苦，只如同睡了一场大觉。"

那夜，轻柔得像湖水，隐约得像烟雾。红灯放着温暖的光。父亲倦乏之余，睡得十分甜美。母亲精神似乎又好，又是微笑的圣母般的瘦白的脸。如同母亲死去复生一般，喜乐充满了我的四肢。我说了无数的憨痴的话：我说着我们欢乐的过去，完全的现在，繁衍的将来，在母亲迷糊的想象之中，我建起了七宝庄严之楼阁。母亲喜悦地听着，不时地参加两句。……到此我要时光倒流，我要诅咒一切，一逝不返的天色已渐渐地大明了！

一月七晨，母亲的痛苦已到了终极了！她厉声地拒绝一切饮食。我们从来不曾看见过母亲这样的声色，觉得又害怕，又胆怯，只好慢慢轻轻地劝说。她总是闭目摇头不理，只说："放我去罢，叫我多挨这几天痛苦做什么！"父亲惊醒了，起来劝说也无效。大家只能围站在床前，看着她苦痛的颜色，听着她悲惨的呻吟！到了下午，她神志渐渐昏迷，呻吟的声音也渐渐微弱。医生来看过，打了一次安眠止痛的针。又拨开她的眼睑，用手电灯照了照，她的眼光已似乎散了！

这时我如同痴了似的，一下午只两手抱头，坐在炉前，不言不动，也不到母亲跟前去。只涵和华两个互相依傍的，战栗的，在床边坐着。涵不住地剥着橘子，放在母亲嘴里，母亲闭着眼都吸咽了下去。到了夜九时，母亲脸色更惨白了。头摇了几摇，呼吸渐渐急促。涵连忙唤着父亲。父亲跪在床前，抱着母亲在腕上。这时我才从炉旁慢慢地回过头来，泪眼模糊里，看见母亲鼻子两边的肌肉，重重地抽缩了几下，便不动了。我突然站起过去，抱住母亲的脸，觉得她鼻尖已经冰凉。涵俯身将他的银表，轻轻地放在母亲鼻上，战兢地拿起一看，表壳上已没有了水气。母亲呼吸已经停止了。他突然回身，两臂抱着头大哭起来。那时正是一月七夜九时四十五分。我们从此是无母之人了，呜呼痛哉！

关于这以后的事，我在一月十一晨寄给藻和杰的信中，说得很详细，照录如下：

亲爱的杰和藻：

我在再四思维之后，才来和你们报告这极不幸极悲痛的消息。就是我们亲爱的母亲，已于正月七夜与这苦恼的世界长辞了！她并没有多大的痛苦，只如同一架极玲珑的机器，走的日子多了，渐渐停止。她死去时是那样的柔和，那样的安静。那快乐的笑容，使我们竟不敢大声地哭泣，仿佛恐怕惊醒她一般。那时候是夜中九时四十五分。那日是阴历腊八，也正是我们的外祖母，她自己亲爱的母亲，四十六年前离世之日！

至于身后的事呢，是你们所想不到的那样庄严，清贵，简单。当母亲病重的时候，我们已和上海万国殡仪馆接洽清楚，在那里预备了一具美国的钢棺。外面是银色凸花的，内层有整块的玻璃盖子，白绫捏花的里子。至于衣衾鞋帽一切，都是我去备办的，件数不多，却和生人一般的齐整讲究。……

经过是这样：在母亲辞世的第二天早晨，万国殡仪馆便来一辆汽车，如同接送病人的卧车一般，将遗体运到馆中。我们一家子也跟了去。当我们在休息室中等候的时候，他们在楼下用药水灌洗母亲的身体。下午二时已收拾清楚，安放在一间紫色的屋子里，用花圈绕上，旁边点上一对白烛。我们进去时，肃然得连眼泪都没有了！堂中庄严，如入寺殿。母亲安稳地仰卧在矮长榻之上，深棕色的锦被之下，脸上似乎由他们略用些美容术，觉得比寻常还好看。我们俯下去偎着母亲的脸，只觉冷彻心腑，如同石膏制成的慈像一般！我们开了门，亲友们上前行礼之后，便轻轻将母亲举起，又安稳装入棺内，放在白绫簇花的枕头上，齐肩罩上一床红缎绣花的被，盖上玻璃盖子。棺前仍旧点着一对高高的白烛。紫绒的桌罩下立着一个银十字架。母亲慈爱纯洁的灵魂，长久依傍在上帝的旁边了！

五点多钟诸事已毕。计自逝世至入殓，才用十七点钟。一切都静默，都庄严，正合母亲的身份。客人散尽，我们回家来，家里已洒扫清楚。我们穿上灰衫，系上白带，为母亲守孝。家里也没有灵位。只等母亲放大的相片送来后，便供上鲜花和母亲爱吃的果子，有时也焚上香。此外每天早晨合家都到殡仪馆，围立在棺外，隔着玻璃盖子，瞻仰母亲如睡的慈颜！

这次办的事，大家亲友都赞成，都艳羡，以为是没有半分糜费。我们想母亲在天之灵一定会喜欢的。异地各戚友都已用电报通知。楫弟那里，因为他远在海外，环境不知怎样，万一他若悲伤过度，无人劝解，可以暂缓告诉。至于杰弟，因为你病，大考又在即，我们想来想去，终以为恐怕这消息是终久瞒不住的，倘然等你回家以后，再突然告诉，恐怕那时突然的悲痛和失望，更是难堪。杰弟又是极懂事极明白的人。你是母亲一块肉，爱惜自己，就是爱母亲。在考试的时候，要镇定，就凡事就序，把书考完再回来，你别忘了你仍旧是能看见母亲的！

我们因为等你，定二月二日开吊，三日出殡。那万国公墓是在虹桥路。草树葱茏，地方清旷，同公园一般。上海又是中途，无论我们下南上北，或是到国外去，都是必经之路，可以随时参拜，比回老家去好多了。

藻呢，父亲和我都二十分希望你还能来。母亲病时曾说："我的女婿，不知我还能见着他否？"你如能来，还可以见一见母亲。父亲又爱你，在悲痛中有你在，是个慰安。不过我顾念到你的经济问题，一切由你自己斟酌。

这事的始末是如此了。涵仍在家里，等出殡后再上南京。我们大概是都上北平去，为的是父亲离我们近些，可以照应。杰弟要办的事很多，千万要爱惜精神，遏抑感情，储蓄力量。这方是孝。你看我写这信时何等安静，稳定？杰弟是极有主见的人，也当如此，是不是？

此信请留下，将来寄楫！

永远爱你们的冰心

正月十一晨

我这封信虽然写得很镇定，而实际上感情的掀动，并不是如此！一月七夜九时四十五分以后，在茫然昏然之中，涵、华和我都很早就寝，似乎积劳成倦，睡得都很熟。只有父亲和几个表兄弟在守着母亲的遗体。第二天早起，大家乱哄哄地从三层楼上，取下预备好了的白衫，穿罢相顾，不禁失声！下得楼来，又看见饭厅桌上，摆着厨师父从早市带来的一筐蜜橘——是我们昨天黄昏，在厨师父回家时，吩咐他买回给母亲吃的。才有多少时候？蜜橘买来，母亲已经去了！

小菊穿着白衣，系着白带，白鞋白袜，戴着小蓝呢白边帽子，有说不出的飘逸和可爱。在殡仪馆大家没有工夫顾到她，她自在母亲榻旁，摘着花圈上的花朵玩耍。等到黄昏事毕回来，上了楼，尽了梯级。正在大家彷徨无主，不知往哪里走，不知说什么好的时候，她忽然大哭说：“找奶奶，找奶奶。奶奶哪里去了？怎么不回来了！”抱着她的张妈，忍不住先哭了，我们都不由自主地号啕大哭起来。

吃过晚饭，父亲很早就睡下了。涵、华和我在父亲床前炉边，默然地对坐。只见炉台上时钟的长针，在凄清的滴答声中，徐徐移动。在这针徐徐地将指到九点四十分的时候，涵突然站起，将钟摆停了，说：“姊姊，我们睡罢！”他头也不回，便走了出去。华和我望着他的背影，又不禁滚下泪来。九时四十五分！又岂只是他一个人，不忍再看见这炉台上的钟，再走到九时四十五分！

天未明我就忽然醒了，听见父亲在床上转侧。从前窗下母亲的床位，今天从那里透进微明来，那个床没有了，这屋里是无边的空虚，空虚，千愁万绪，都从晓枕上提起。思前想后，似乎世界上一切都临到尽头了！

在那几天内，除了几封报丧的信之外，关于母亲，我并没有写下半个字。虽然有人劝我写哀启，我以为不但是“语无伦次”之中，不能写出什么来，而且“先慈体素弱”一类的文字，又岂能表现母亲的人格于万一？母亲的聪明正直，慈爱温柔，从她做孙女儿起，至做祖母止，在她四围的人对她的疼怜，眷恋，爱戴，这些情感，在我知识内外的，在人人心中都是篇篇不同的文字了。受过母亲调理、栽培的兄姊弟侄，个个都能写出一篇最真挚最沉痛的哀启。我又何必来敷衍一段，使他们看了觉得不完全不满意的东西？

虽然没有写哀启，我却在父亲下泪搁笔之后，替他凑成一副挽联。我觉得那却是字字真诚，能表现那时一家的情感！联语是：

教养全赖卿贤，五个月病榻呻吟，最可怜娇儿爱婿，死别生离，几辈伤心失慈母。

晚近方知我老，四十载春光顿歇，哪忍看稚孙弱媳，承欢强笑，举家和泪过新年。

在那几天内，除了每天清晨，一家子从寓所走到殡仪馆参谒母亲的遗容之外，我们都不出门。从殡仪馆归来，照例是阴天。进了屋子，刚擦过的地板，刚旺上来的炉火——脱了外面的衣服，在炉边一坐，大家都觉得此心茫茫然无处安放！我那几天的日课，是早晨看书，做活计。下午多有戚友来看，谈些时事，一天也就过去。到了夜里，不是呆坐，就是写信。夜中的心情，现在追忆已模糊了，为写这篇文章，检出旧信，觉得还可以寻迹：

藻：

真想不到现在才能给你写这封长信。藻，我从此是没有娘的孩子了！这十几天的辛苦，失眠，落到这么一个结果。我的悲痛，我的伤心，岂是千言万语所说得尽？前日打起精神，给你和杰弟写那一封慰函，也算是肝肠寸断。……这两天家中倒是很安静，可是更显出无边的空虚，孤寂。我在父亲屋中，和他作伴。白天也不敢睡，怕他因寂寞而伤心，其实我躺下也睡不着。中夜惊醒，尤为难过……

——摘录一月十三信

母亲死后的光阴真非人过的！就拿今晚来说，父亲出门访友去了；涵和华在他们屋里；我自己孤零零地坐在母亲屋内。四周只有悲哀，只有寂寞，只有凄凉。连炉炭爆发的声音，都予我以辛酸的联忆。这种一人独在的时光，我已过了好几次了，我真怕，彻骨地怕，怎么好？

因着母亲之死，我始惊觉于人生之极短。生前如不把温柔尝尽，死后就无从追讨了。我对于生命的前途，并没有一点别的愿望，只愿我能在一切的爱中陶醉，沉没。这情爱之杯，我要满满地斟，满满地饮。人生何等地短促，何等地无定，何等地虚空呵！

千言万语仍回到一句话来，人生本质是痛苦，痛苦之源，乃是爱情过重。但是我们仍不能不饮鸩止渴，仍从生痛苦之爱情中求慰安。何等地痴愚呵，何等地矛盾呵！

写信的地方，正是母亲生前安床之处。我愈写愈难过了，愈写愈糊涂了。若再写下去，我连气息也要窒住了！

——摘录一月十八夜信

一月二十六夜，因为杰弟明天到家，我时时惊跃，终夜不寐，想到这可怜的孩子，在风雪中归来，这一路哀思痛哭的光景，使我在想象中，心胆俱碎！二十七日下午，报告船到。涵驱车往接，我们提心吊胆地坐候着，将近黄昏，听得门外车响，大家都突然失色。华一转身便走回她屋里。接着楼梯也响着。涵先上来，一低头连忙走入他屋里去了。后面是杰，笑容满面，脱下帽子在手里，奔了进来。一声叫“妈”，我迎着他，忍不住哭了起来。他突然站住呆住了！那时惊痛骇疾的惨状，我这时追思，一支秃笔，真不能描写于万一！雷驰电掣一般，他垂下头便倒在地上，双手抱住父亲的腿，猛咽得闭过气去。缓了一缓，他才哭喊了出来，说：“你们为什么不早告诉我！你们为什么不早告诉我！”这时一片哭声之中涵和华也从他们屋里哭着过来。父亲拉着杰，泪流满面。婢仆们渐渐进来，慢慢地劝住，大家停了泪。杰立刻便要到殡仪馆去，看看母亲的遗容。父亲和涵便带了他去。回来问起母亲病中情状，又重新哭泣。在这几天内，杰从满怀的希望与快乐中，骤然下堕。他失魂落魄似的，一天哭好几次。我们只有勉强劝慰。幸而他有主见，在昏迷之中，还能支拄，我才放下了心。

二月二日开吊。礼毕，涵因有紧急的公事，当晚就回到南京去了。母亲曾说命里只有两个孩子送她，如今送葬又只剩我和杰了。在涵未走之前，我们大家聚议，说下葬之后，我们再看不见母亲了，应该有些东西殉葬，只当是我们自己永远随侍一般。我们随各剪下一缕头发，连父亲和小菊的，都装在一个小白信封里。此外我自己还放入我头一次剃下来的胎发（是母亲珍重地用红线束起收存起来的）以及一把“斐托斐”（Phi Tau Phi）名誉学位的金钥匙。这钥匙是我在大学毕业时得到的，上面刻有年月和姓名。我平时不大带它，而在我得到之时，却曾与母亲以很大的喜悦。这使我觉得我的一切珍饰，都是母亲所赐与，只有这个，是我自己以母亲栽培我的学力得来的。我愿意以此寄托我的坚逾金石的爱感的心，在我未死之前，先随侍母亲于九泉之下！

二月三日，下午二时，我们一家收拾了都到殡仪馆。送葬的亲朋，也陆续地来了。我将昨夜封好了的白信封儿，用别针别在棺盖里子的白绫花上。父亲俯在玻璃盖上，又痛痛地哭了一场。我们扶起父亲，拭去了盖上的眼泪，珍重地将棺盖掩上。自此我们再无从瞻仰母亲的柔静慈爱的睡容了！

父亲和杰及几个伯叔弟兄，轻轻地将钢棺抬起，出到门外，轻轻地推进一辆堆满花圈的汽车里。我们自己以及诸亲友，随后也都上了汽车，从殡仪馆徐徐开行。路上天阴欲雨，我紧握着父亲的手，心头一痛，吐出一口血来。父亲惨然地望着我。

二时半到了虹桥万国公墓，我们又都跟着下车，仍由父亲和杰等抬着钢棺。执事的人，穿着黑色大礼服，静默前导。到了坟地上，远远已望见地面铺着青草似的绿毡。中央坟穴里嵌放着一个大水泥框子。穴上地面放着一个光耀射目的银框架。架的左右两端，横牵着两条白带。钢棺便轻轻地安稳地放在白带之上。父亲低下头去，左右地看周正了。执事的人，便肃然地问我说："可以了罢？"我点一点首，他便俯下去，拨开银框上白带机括。白带慢慢地松了，盛着母亲遗体的钢棺，便平稳地无声地徐徐下降。这时大家惨默地凝望着，似乎都住了呼吸。在钢棺降下地面时，万千静默之中，小菊忽然大哭起来，挣出张妈的怀抱，向前走着说："奶奶掉下去了！我要下去看看，我要下去看看！"华一手拉住小菊，一手用手绢掩上脸。这时大家又都支持不住，忽然都背过脸去，起了无声的幽咽！

钢棺安稳平正地落在水泥框里，又慢慢地抽出白带来。几个人夫，抬过水泥盖子来，平正地盖上。在四周合缝里和盖上铁环的凹处，都抹上灰泥。水泥框从此封锁。从此我们连盛着母亲遗体的钢棺也看不见了！

堆掩上黄土，又密密地绕覆上花圈。大家向着这一抔香云似的土丘行过礼。这简单严静的葬礼，便算完毕了。我们谢过亲朋，陆续地向着园门走。这时林青天黑，松梢上已洒上丝丝的春雨。走近园门，我回头一望。蜿蜒的灰色道上，阴沉的天气之中，松荫苍苍，杰独自落后，低头一步一跛地拖着自己似的慢慢地走。身上是灰色的孝服，眉宇间充满了绝望，无告，与迷茫！我心头刺了一刀似的！我止了步，站着等着他。可怜的孩子呵！我们竟到了今日之一日！

回家以后，呵，回家以后！家里到处都是黑暗，都是空虚了。我在二月五夜寄给藻的信上说：

> 我从前有一个心，是个充满幸福的心。现在此心是跟着我最宝爱的母亲葬在九泉之下了。前天两点半钟的时候，母亲的钢棺，在光彩四射的银架间，由白带上徐徐降下的时光，我的心，完全黑暗了。这心永远无处捉摸了，永远不能复活了！……
>
> 不说了，爱，请你预备着迎接我，温慰我。我要飞回你那边来。只有你，现在还是我的幻梦！

以后的几个月中，涵调到广州去，杰和我回校，父亲也搬到北平来。只有海外的楫，在归舟上，还做着“偎依慈怀的温甜之梦”。

九月七日晨，阴。我正发着寒热，楫归来了。轻轻推开屋门，站在我的床前。我们握着手含泪地勉强地笑着。他身材也高了，手臂也粗了，胸脯也挺起了，面目也黧黑了。海上的辛苦与风波，将我的娇生惯养的小弟弟，磨练成一个忍辱耐劳的青年水手了！我是又欢喜，又伤心。他只四面地看着，说了几句不相干的话，才款款地坐在我床沿，说：“大哥并没有告诉我。船过香港，大哥上来看我，又带我上岸去吃饭，万分恳挚爱怜地慰勉我几句话。送我走时，他交给我一封信，叫我给二哥。我珍重地收起。船过上海，亲友来接，也没有人告诉我。船过芝罘，停了几个钟头，我倚阑远眺。那是母亲生我之地！我忽然觉得悲哀迷惘，万不自支，我心血狂涌，颠顿地走下舱去。我素来不拆阅弟兄们的信，那时如有所使，我打开箱子，开视了大哥的信函。里面赫然的是一条系臂的黑纱，此外是空无所有了！……”他哽咽了，俯下来，埋头在我的衾上，“我明白了一大半，只觉得手足冰冷！到了天津，二哥来接我，我们昨夜在旅馆里，整整地相抱地哭了一夜！”他哭了，“你们为什么不早告诉我？我一道上做着万里来归，偎倚慈怀的温甜的梦，到得家来，一切都空了！忍心呵，你们！”我那时也只有哭的份儿。是呵，我们都是最弱的人，父亲不敢告诉我；藻不敢告诉杰；涵不敢告诉楫；我们只能战栗着等待这最后的一天！忍心的天，你为什么不早告诉我们，生生地突然地将我们慈爱的母亲夺去了！

完了，过去这一生中这一段慈爱，一段恩情，从此告了结束。从此宇宙中有补不尽的缺憾，心灵上有填不满的空虚。只有自家料理着回肠，思想又思想，解慰又解慰。我受尽了爱怜，如今正是自己爱怜他人的时候。我当永远勉励着以母亲之心为心。我有父亲和三个弟弟，以及许多的亲眷。我将永远拥抱爱护着他们。我将永远记着楫二次去国给杰的儿句话："母亲是死去了，幸而还有爱我们的姊姊，紧紧地将我们搂在一起。"

窗外是苦雨，窗内是孤灯。写至此觉得四顾彷徨，一片无告的心，没处安放！藻迎面坐着，也在写他的文字。温静沉着者，求你在我们悠悠的生命道上，扶助我，提醒我，使我能成为一个像母亲那样的人！

一九三一年六月三十日夜，燕南园，海淀，北平。

（最初收录于《南归》，1931年9月，北新书局初版）

编辑附记

本套“名家散文珍藏”丛书收入现当代文学名家的散文经典。

为了方便读者阅读，同时兼顾原作风貌，我们在编辑过程中，适当修改了明显的排印错误和个别容易造成理解混乱的字词及标点符号。对于体现作家鲜明创作个性的字词和反映当时行文习惯的标点符号予以保留。

图书在版编目(CIP)数据

冰心散文 / 冰心著. —杭州：浙江文艺出版社，2019.9(2022.2 重印)
(名家散文珍藏)
ISBN 978-7-5339-5769-8

Ⅰ. ①冰… Ⅱ. ①冰… Ⅲ. ①散文集—中国—现代 Ⅳ. ①I266

中国版本图书馆 CIP 数据核字(2019)第 163990 号

责任编辑 朱 立 邓东山
装帧设计 观止堂_未氓
责任印制 张丽敏

冰心散文 BINGXIN SANWEN
冰 心 著

出版 浙江文艺出版社
网址 www.zjwycbs.cn
经销 浙江省新华书店集团有限公司
制版 杭州天一图文制作有限公司
印刷 浙江省邮电印刷股份有限公司
开本 850 毫米 × 1168 毫米 1/32
字数 135 千字
印张 7.375
插页 5
印数 6001–8000
版次 2019 年 9 月第 1 版
印次 2022 年 2 月第 2 次印刷
书号 ISBN 978-7-5339-5769-8
定价 **42.00** 元